物流 외길,

도전과 열정으로

物流 외길,
도전과 열정으로

성경민 著

영원한 物流人 동방맨 성경민 대표가 전하는
생생한 36년 열정의 物流人生과 에피소드

좋은땅

책을 집필하며

나는 고등학교를 졸업하던 1979년 1월부터 일기를 쓰면서 한 가지 소망을 해 둔 것이 있다.

나중에 대학을 졸업하고 사회에 진출해서 그 모든 사회생활을 마치면 꼭 내 일기장을 토대로 한 직장 생활의 에피소드나 삶의 자서전 한 권을 쓰는 것이다. 이제 43년이 흐른 지금 그 작은 소망을 실천하려고 한다.

비록 글 잘 쓰는 작가가 미사여구를 뽐내며 쓴 글은 아니지만 누구에게 맡기지도 않고 직접 하나하나 회상을 하고 느낀 점을 정리해 가며 쓴 글이어서 개인적으론 이야기마다 많은 애착이 간다.

나 같은 직장인들에게 해 주고 싶은 이야기도 있고, 또 나만이 겪은 에피소드로 모두 같이 공감하고 싶은 내용도 있다. 또 어떤 글은 소제목만 봐서는 그 내용의 짐작이 전혀 안 되면서 많은 궁금증을 불러일으키도록 쓴 글들도 있다.

나는 평범한 직장인으로 입사하여 단 한 번도 연공서열로 승진한 적이 없다고 자부한다. 그때그때 그 직급에 맞는 확실한 실적을 올렸고 심지어 윗사람들이 나를 승진시키려고 이구동성으로 올해의 동방인상을 추천하기도 하였다.

그렇다고 내가 승진이 혈안이 되어 밤낮으로 불철주야 뛰어다닌 것도 아니다. 나의 주어진 일에 열정을 가지고 성실하게 최선을 다했을 뿐이다.

요즘 후배 직장인들은 예전보다 근무하고 인정받기가 더 좋은 환경이다. 많은 후배들에게 "라떼는 말이야."보다는 후배들이 잘 모를 수도 있는 나의 현업에의 경험과 마음가짐들을 이 책을 통해 간접적으로 전달해 주고 싶은 마음도 있었다.

아무튼 직장인들은 직장인으로서 일반인들은 일반인으로서 서로 공감하며 고개를 끄덕이며 볼 수 있는 책이었으면 더 바랄 나위가 없겠다. 혹시 책에서 밝힌 내용 중에 나의 도움이 꼭 필요한 사연이 있으면 연락이 닿길 바란다.

끝으로 이 책의 출간에 많은 도움을 주신 분들의 노고에도 깊은 감사를 드린다.

목차

제1장

物流의 現場에서

안전제일 주의 | 후리 쓰다 | 낚시걸이 | 하늘의 별따기 직급, 3갑 계장 | 원단위 원가산정 | 船長은 배를 잘 붙여야 | 해외중량 프로젝트, 국산화하고 달러 벌어 애국하다

안전제일 주의

우리의 모든 생활에 있어 제일 중요한 것 중 으뜸은 안전(安全)이다. 일상생활은 물론이고 특히 산업재해는 사업주의 제일 중요한 강조 사항이기도 하다. 난 현장 근무 시절엔 외부일로 거래처 등을 만나는 일 외엔 안전화 신고 각반 차고 안전조끼를 입으며 항상 안전복장을 하고 다녔다.

그전에도 그랬지만 대표가 된 이후 첫 일성도 安全을 제일 중요하게 강조하는 것이었다. 너무 할 얘기들이 많지만 그동안 기본적으로 강조해온 몇 가지를 아래와 같이 언급하고자 한다.

TBM(Tool Box Meeting)의 중요성

산업현장에서 안전에 제일 중요한 것 중의 하나를 꼽으라면 TBM이다. 작업 前 작업에 참여하는 全 인원을 대상으로 이번 작업사항의 설명과 아울러 작업장 내 불안전한 요소의 설명과 작업 참여자의 복장, 건강상태

등의 점검은 필수다. 여기서 그날 안전의 90%가 좌우된다고 봐도 과언이
아니다.

심지어 우리가 골프를 치러 가도 캐디가 그날의 골프장 컨디션과 핀의
위치와 주의사항 설명은 물론 플레이어 전원에게 체조를 시키지 않는가
말이다.

스위스치즈이론

안전과 관련된 이론 중에 '스위스치즈이론'이 있다. 스위스치즈를 만들
고 숙성하는 과정에서 기포가 생기는데 그 기포의 위치가 치즈마다 달라
서 7장을 겹칠 경우에도 기포 구멍이 일치하는 경우가 거의 없다. 그런
데 세월호 참사는 7장의 치즈 기포가 동일해 구멍이 뚫린 Case라고 한다.
(무책임한 임시선장, 화물과적, 래싱불량, 신참 3항사당직, 평형수위반,
관련 기관의 초기대응 실패, 선박불법개조) 이 중에 하나만 제대로 했어
도 대형참사는 안 일어날 수 있었다는 것이다.

안전에 대한 대응관리의 총체적 부실이 빚어낸 결과이다. 재수가 없어
서 발생한 사고가 절대 아닌 것이다. 우리 사업장과 주변에 치즈 기포가
같은 곳에 뚫려 있는 곳은 없는지 맡은 현장과 직원들 안전의식의 재점검
과 무장이 언제나 필요하다 하겠다.

우리도 최근 우리 선박에 수리하러 왔다 발생한 사고며, PNCT의 CFS

작업 등에서 발생한 안전사고를 되살펴 보면 공교롭게 신원선박 관리회사의 변경시점이었고, 업무가 이관되는 시점 그리고 안전장구 미부착, 선원의 미확인, 안전시설 불량, 관리부실, 지사장발령 후 1개월 전후시점, 관리자의 안전점검부실, 단순 일용직의 안전교육과 TBM부실 등 여러 치즈 기포가 동시에 뚫려 빚어진 사고였다.

하인리히의 도미노이론

이 이론에 따르면 앞단의 도미노 요인을 없애면 연쇄성이 중단된다는 것인데, 따라서 재해나 상해가 발생하기 이전에 작업장 주위의 불안전한 상태나 작업자의 불안전한 행동요소를 미리미리 살펴서 제거하면 안전사고를 미연에 예방할 수 있다는 것이다.

어떻게 보면 현장의 혁신활동과 작업장 정리정돈 및 개선, 실질적인 TBM 활동 등이 여기에 해당된다 하겠다.

하인리히의 법칙(Heinrich's Law)

산업현장에서 재해를 분석한 결과를 분석한 하인리히의 유명한 1:29:300 법칙은 우리가 익히 잘 알고 있는 내용이지만, 알고 있음에도 실제 산업현장에선 꾸준히 반복해서 사고가 발생하고 또 분석하면 저 법칙이 적용되고 있음도 알 수 있다. 맡은 사업장 내 아주 작은 사고를 그냥 넘기지 않고 줄여 나가는 노력이 큰 사고를 미연에 방지할 수가 있는 지름길이다.

최근엔 평택 사업장 안전사고로 평택 지사뿐 아니라 회사가 곤혹을 치렀다. 새해부턴 기존의 산업안전 보건법에 이어 중대재해 처벌법, 항만 안전 특별법이 발효되는 만큼 우리 모두 안전제일주의 의식과 철저한 관리로 앞으로 동방그룹의 全 사업장은 물론 모든 산업현장에서 안전사고가 다시는 일어나질 않기를 간절히 기도해 본다.

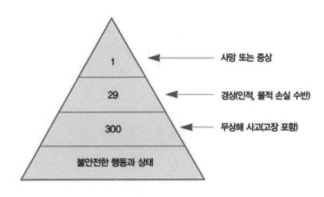

하인리히 법칙

〈2013~2014년 포항 현장 시절, 매번 안전복장으로 현장을 누볐다〉

후리 쓰다

무슨 말일까요? 일본 말 같기도 하고~

예전에 27톤 추레라가 대부분 당사의 직영 공로운송차량일 때 배차받은 기사들은 차량 운행 일보를 공로 운행 담당자에게 제출하고 유류 소모량을 산정하게 되어 있었다. 그런데 기름이 남아도 회사에서 보상이 없자 기사들이 기름을 빼돌려서 주유소에 되파는 경우가 감사에 빈번히 적발되기도 하였다.

결국 회사가 그 이후 대책으로 경유가 소모량 산정보다 남았을 땐 잔여 기름의 일정 부분을 수당으로 지급하는 제도를 내어놓았다. 그러자 기사들이 기름을 몰래 되파는 일이 없어지고 기름을 남기기 위해 고속도로를 주행하면서 오르막 8부 능선을 타고 올라가면 중립(N, neutral) 기어를 사용하여 내리막까지 연속하여 짧게는 수백m에서 길게는 3~5km를 연료 사용 없이 내려오게 되었다.

장거리 운행기사들은 이런 주행을 한 번 다녀오면 도로 여건따라 수십 번씩 반복하게 되면서 많은 연료를 남기게 되고 받는 수당도 늘어났다. 하지만 장비 관리부의 안전 담당들은 중립기어 상태에선 비상대응이 안 되므로 절대 사용해선 안 된다고 교육하지만 기사들은 몰래몰래 하곤 하였다.

그러다 몇 해 뒤 1988년 이후 대우 상용차가 자체 국산 추레라를 생산하여 우리 회사도 대우 추레라를 시범적으로 몇 대 구매하여 운송사업을 한 적이 있었는데, 현대 상용차와 달리 초창기 유독 대우차는 엔진과열로 빨리 망가지는 경우가 빈번히 발생하여 그 원인에 대해 장시간 분석해 보았다.

기사들은 후리를 사용하는 것이 익숙했다. 그런데 후리를 쓰면 대우차는 엔진오일의 순환이 멈추도록 되어 있어, 그런 이유로 엔진마모가 심했다. 결국 회사는 기사들에게 대우차는 절대 중립기어를 못 쓰게 하였고 기사들도 대우차 배정을 기피하고 후리를 못 쓰게 되니 기름수당도 안 생긴다고 하여 회사 내 큰 이슈가 되었다.

요즘은 기사님들도 위수탁화가 되었지만, 안전과 엔진의 보호 때문에 중립(N)기어를 운행 중에는 사용치 않겠지만 예전에 기사님들 세계에서는 "후리 쓰다."라는 말이 꽤나 유행하던 은어였다.

낚시걸이

무슨 낚시 얘기냐 하겠지만 항만하역종사자나 특히 동방의 직원들은 자부심을 가져도 좋을 이야기이다. 최근에 우리나라 수출입 물동량의 99.7%를 항만에서 담당하고 있다고 997뱃지를 달고 항만종사자의 자긍심을 높이는 캠페인을 벌이고 있다.

1970년대 이후 철강제품을 전문으로 대단위 하역을 하기 시작한 포항 항 부두에서는 많은 철강제품들이 부두에 고정된 크레인에 의해 선적이나 양하가 되는데, 선박들은 그 크기가 다르며 적재톤 수도 달라서 화물 창(hold) 內의 크기도 제각각이다.

특히 hatch coaming 안쪽에 화물들을 더 적재하기 위한 공간이 넓어서 부두의 고정크레인으로는 다 하역이 될 수가 없어 좁은 창 내에 화물의 적재를 돕는 지게차(Fork lift, F/L)가 들어간다.

양하의 경우는 화물창 내 가운데 부분을 크레인이 먼저 하역을 하고 지게차가 들어가서 hatch coaming 안쪽의 철제 화물을 크레인이 인양할 수 있는 곳까지 옮겨 준다. 여기서 코일(COIL)이나 선재(WIRE RODE) 같은 원형 철제품 중 2단이나 3단 적재품을 들어서 옮겨 줄 때는 안쪽 제품을 바로 들 수가 없거나 스크래치 손상(Scratch damage)이 나기 때문에 줄이나 와이어로프(Wire rope)를 이용하여 낚싯줄에 물고기 매달듯이 걸어 올려 화물창 가운데로 옮긴다. 이 기능은 좁은 창 내에서 숙련과 능숙한 기능을 요한다.

특히 선적의 경우는 그 반대로 화물창 내 hatch coaming 안쪽 hold부터 적재하면서 hold 가운데로 나오는데 2~3단적 제품의 경우 똑같이 줄이나 와이어로프로 걸어서 제품손상 없이 맨 안쪽부터 안전하게 적재하며 hold 중앙으로 적재해 나오면서 지게차의 역할을 다 마치면 화물창을 빠져나오게 된다. 이런 줄걸이 화물의 2~3단적 적양하 작업을 일명 **낚시걸이** 작업이라고 한다.

어둡고 좁은 창 내에서 신호수의 호각소리와 신호에 맞춰 항운노조원들의 安全도 고려하면서 Fork의 줄에 걸린 철제품을 구석진 곳에 2~3단적으로 쌓거나 빼내는 작업은 지게차의 최고 숙련을 요하는 기능이라 검증되지 않은 경험 없는 기사는 낚시걸이 작업에 투입을 할 수가 없다.

동방의 숙련된 지게차 기사 선배님들께 경의를 표하던 적이 있었다. 그런 분들 덕분에 포항이나 광양항의 다른 많은 타 하역회사의 기사들도 배위 가곤 했던 일이 추억으로 스쳐 간다. 동방은 부산이나 포항이나 광양 항에선 지게차 기사님들의 기능적 숙련도나 포맨(Foreman, 하역감독)들의 경험이 타의 추종을 불허하는 하역회사 사관학교였다. 물량의 오더(Order)를 주던 P사 등의 화주들도 선박 중에 낚시걸이가 많은 고난도 하역작업 모선(母船)은 동방에 배정해 주곤 하였다.

낚시걸이 얘기를 했지만 넓은 조선 기자재용이나 건설기자재용 철제 후판을 선적하거나 양하할 때 Scratch damage 없이 무딘 포크(Fork)로 얇은 후판을 몇 단적 또는 빼낼 때 그 기능은 동방의 김복원 기사를 비롯한 몇몇 분들은 타의 추종을 불허할 타고난 기능을 갖춘 기사님들이었다.

〈딱히 낚시걸이에 맞는 장면은 아니지만 선박 내 지게차 선재 선적 현장〉

광양이 처음 후판 생산을 하던 2010년에 경험이 부족한 광양 지게차 기사들의 제품손상이 심하여 이듬해 동방에서 은퇴한 김복원 기사님을 광양으로 초대하여 그 기능을 선보이니 광양의 수많은 지게차 기사들이 몰려와 그 기능을 배우며 혀를 내두르던 시절이 주마등처럼 스쳐 간다.

동방의 많은 장인정신을 가지신 중장비 기사 선배님들을 생각하며 존경하는 마음으로 이 글을 바친다.

하늘의 별따기 직급,
3갑 계장

지금은 대리, 즉 3갑은 낮은 직급에 속하지만, 예전에 현장에선 3갑을 계장이라 불렀고 결재권자로서 거의 지금의 팀장 정도의 권한을 갖고 있었다. 하지만 지금의 3갑이나 같은 수준의 월급과 직급이다.

그런데 오래된 지사인 포항 지사의 항만사업부의 경우 그 3갑 계장의 예를 들어 어떤 과정을 밟아야 그 자리에 그 3갑 계장님이 되냐고 살펴보면, 우선 항만사업부 사원으로 입사하면 소정의 교육을 마친 뒤 4급 사원으로 대일선(2~3천 톤급 화물을 적재하는 일본을 오가는 작은 선박)의 화주 측 육상검수(Check man)를 맡게 된다.

그 경험이 약 2년 정도 쌓이면 그다음 팬배(그 당시 유럽이나 미주 지역을 운항하던 구범양상선 사이즈의 2만 톤급 이상의 선박, PAN Ocean의 선박을 그렇게 부름) 전담 검수가 된다. 그것도 약 2년 정도 경험이 쌓여 본선의 능력을 인정받으면 다시 대일 선박의 창내감독(Hatch foreman)이 된다. 이때도 4급 사원이다.

　그 능력도 안 되면 부두나 야드에서 지게차를 따라다니며 육상 야적제품 작업원으로 일을 하며 메인 잡(본선업무)에서 멀어지게 된다. 그래서 인정받은 대일선 창내감독으로 2년 정도 경험을 쌓고 지게차도 배워서 면허를 따거나 하여 급할 때 선창 내에서 지게차 기사가 없을 땐 운전도 하면서 인정을 받게 되면, 이젠 팬(PAN)배 창내감독 역할이 주어진다. 이 정도 올 정도면 거의 뛰어난 능력자이다.

　팬배 창내감독을 2년 정도 잘 수행하면 그다음은 대일선 화물감독(Foreman)이 되어 작업원들과 TBM(Tool Box Meeting)도 하고, 본선의 1항사와 화물적재 계획(Stoage plan)을 짜게 되고 창내감독과 검수와 항운노조, 화물고박(Shoring & Lashing)원들에게 작업을 설명하고 지시하는 위치가 된다. 이때 3을 직급으로 승진하는 경우가 많다. 대일선 포맨을 약 몇 년 성공적으로 수행해 내고 인정받으면 이젠 팬배 포맨이 되는데 하역 감독으로서는 최고의 자리가 되는 셈이다.

　외국 모선의 경우는 타 국적 1항사나 대리점 감독 등과 영어로 스토이지 플랜을 상의하고 본선의 드래프트(Draft) 조정을 위해 바라스트(Ballast)도 요구해야 하고 지게차 기사가 없을 땐 지게차도 타야 하고 화물고박이 마음에 안 들면 재지시도 해야 하고 창고의 출하팀과 무전 지시도 해야 하며 크레인 기사와 싸인도 주고받고 전반적 안전관리도 해야 하는 등 몇 년을 해도 다방면 능통하지 않으면 그 능력을 제대로 인정받기가 쉽지 않은 자리이다.

팬배 포맨으로 몇 년간 잘한다고 인정받은 고참 3을 직원들 중 최고의 리더십을 갖춘 직원이 드디어 3갑으로 승진하여 보직 자격인 본선 하역 계장이 되었으니, 그 세월이 몇 년이며 나이는 몇이나 되었을까?

지금의 대리라고 호칭되는 3갑 직원들과 똑같은 직급인데 그 느낌은 너무 다른 하늘에서 별 따는 정도로 어렵고, 힘들게 선택받고 부둣가에서 능력을 인정받은 직원만이 갈 수 있는 자리였다. 오늘날 3갑 직원들과 2을, 2갑(항2, 3, 4) 과장들은 그 당시 3갑 계장이 오랜 고난도 경험과 노력의 자리였음을 마음속에 늘 새기며 근무하길 기대해 본다.

〈선박 내 혼적 제품 지게차 협업 선적 작업〉

원 단위 원가산정

포항에서 제일 큰 P사는 하역, 운송 및 협력 작업 등에 자격이 있는 인프라를 갖춘 업체와 경쟁입찰 방식이 아닌 원 단위 원가산정 방식의 철저한 원가 계약으로 계약을 체결하는 대형 철강회사였다. 물론 서비스의 수준과 고객만족도 평가를 하여 물량의 인센티브는 철저히 적용했다.

그 원 단위 원가산정의 계약 방식은 2000년대 들어오면서 차츰 없어지고 제한 경쟁입찰로 바뀌어 갔지만 원 단위 원가산정 방식은 상당히 합리적이고 기준이 되어 그 당시 대다수 철강회사들의 물류계약은 P사 대비 몇 %를 적용하는 바로미터가 되기도 했다.

그러다 보니 물류회사들은 원 단위 원가산정 방식의 계약 원가 체계를 공부하여 꿰뚫고 있지 않으면 계약 준비를 할 수 없을 정도였다. 우리 회사는 그 원가산정 원 단위 계약의 내려오는 실무 계보가 있었다. 내가 제3대쯤 되는 실무자였다.

우리를 제외한 동종 하역 운송사들은 그 당시에도 그 맥이 이어지지 못하고 우리 회사가 검증하여 맞다고 하면 따라오는 정도였지 주도적으로 하는 회사가 거의 없었다. P사도 우리 회사가 제출하는 서류만 거의 신뢰하는 수준이었다.

나는 운 좋게 1986년 교육 근무차 포항에 왔을 때부터 원 단위 산정 방식의 계약을 공부할 수 있었고, 1989년 8월 포항 지사 영업 1계장으로 다시 왔을 때 3대 계보를 자연스럽게 이어받았다.

P사의 본사 계약부서와 제철소 현장의 실적을 확인받으며 2중 3중으로 원가를 증빙하며 그 계산식을 작성하여 제출하였고 설명을 하였다. 하역은 전년도 물량이 분모가 되고 재료비는 공신력 있는 기관의 정보 자료 중 최저 단가가 증빙이 되었으며, 화물의 고박(Lashing, Shoring)은 실제 고박하는 방식에 따라 원가가 달라지므로 현장의 확인에 따라 목재(Dunnage)와 래싱 와이어(L/wire), 턴바클(Turnbuckle), 클립(Clip) 등의 소요 개수와 단가가 달라졌다.

해양수산부가 고시하는 기본 하역 노임과 원 단위가 합산되면 순수 하역비가 산출되었고, 구내운송 단가는 구내 협력 업체의 원 단위가 기준이 된 적도 있지만 부두이송 개념의 추레라 이송에서 새로 도입된 E/T(Elevating Truck)가 도입된 이후는 신장비로의 부두 출하 원가가 건설 표준 품셈을 기준으로 인건비와 장비비, 정비비 등이 산출되었다.

내수공로 원 단위 산정은 거리별 영차, 공차의 원가를 공신력 있는 석유공사 발표 유류 단가와 건설 표준품셈을 적용했고, 거리 산출차 기준지역의 새로 개통한 고속도로와 국도를 이용하여 최단거리 산출을 우리와 직접 다니기도 하여 그 변경된 거리를 단가에 적용하였다.

이런 원 단위 원가산정 방식은 내가 직장 생활을 하면서 업무개선을 하거나 새로운 원가 절감 아이디어를 내는 데 많은 기여를 하였으며, 갱신계약 때도 엄청난 동기부여와 성취동기가 생겼다. 이런 업적이 평가되어 나는 본사의 사장님상 포상에 여러 번 상신되기도 하였다.

지금도 원 단위 원가산정 방식의 공부와 실무 경험들은 내가 영업파트에서 무슨 원가를 뽑아 견적단가를 산출하는 데 대해서도 남들이 쉽게 겪어 보지 못한 큰 자신감을 주었다고 생각한다.

〈철강 코일류 Lashing 작업 장면〉

〈철강 후판류 선박 내 적재 장면〉

船長은 배를 잘 붙여야

나는 10여 년간 해운과 관련된 일을 맡았는데 현장 근무 시절엔 밖으론 거래처 영업과 배선업무, 안으론 지사급 경영관리와 선원관리가 주된 업무였다. 그중에서 선원관리는 방선하여 선박 내 각종 점검은 물론 선원 교육 및 선장님들과 면담을 하였는데, 일부 선원들은 애로사항을 얘기하면서 선원들에게 인기 있는 선장님이 계신 선박으로 전선(轉船)을 요청하는 것이었다.

그 사유가 여러 가지가 있는데 주로 다른 선원과의 다툼이나 성격이 안 맞아서도 있지만 선장님이 항구에 입항 시 배를 잘 접안시켜 인기 많은 선장님도 계시지만 잘못 붙여(접안) 줘 船員 올 스탠바이(all standby) 시간이 길어져 피곤하고 힘든 선박의 애로 사항도 있었다.

그래서 선장님들의 자력 도선 시(도선사 없이) 평균 이·접안 시간을 조사해 보니 선박별 시간 차이가 많았다. 연안선들은 각 항구별 도선사 면제 조건이 되면 선장님들이 자력 도선을 하게 되는데 어떤 선장님은 습관적으로 Tug boat를 두 척씩 불러서 접안하는 선장이 있는가 하면 어떤 선장님은 날씨가 좋으면 Tug boat 한 척도 없이 20분이면 안전하게 접안을 마치는 것이었다.

그런데 도선사 면제 조건이 된 선박의 선장님을 교체한다는 것은 또 그 조건이 되기까지 많은 비용을 들여야 하므로 선장님보다는 필요시 선원들을 타 선박으로 교체하는 순환 인사명령을 하게 된다.

외부에서 신규 선장님을 채용하거나 기존의 1항사 중에서 선장으로 승진 시에는 리더십도 중요하지만 선박을 접안시키는 기능의 탁월성을 중요 항목으로 두고 발탁하는 게 이·접안이 잦은 연안선에서는 중요한 이슈가 되었다. 내가 해운사업부 시절 방선하여 업무와 인생 얘기를 많이 나누었던 그때의 인기 많던 선장님들이 그립다.

〈동방 챌린저호 선적 부두 접안 장면〉

해외중량 프로젝트,
국산화하고 달러 벌어 애국하다

동방은 해외에서 달러를 벌어 세금도 내고 이익도 창출하며 우리나라 중화학공업에 이바지하며 국익에도 기여하는 회사라고 자부한다. 한국전력과 포스코 등에서 그 당시는 중량물이었던 물자들을 수송하고 하역하며 바지선으로 연안해송은 물론 일본까지 가서 위험을 무릅쓰며 해송을 해 왔던 경험을 바탕으로 성장을 해 왔다.

사실 중량물 분야에서 동방이 하면 표준이 되었고 기록이 되었다. 이제는 동방이 하던 그런 중량물들은 국내에서 작은 소형 업체들도 장비를 사와서 수행하는 수준이 되었다. 2006년 동방은 중량물 분야에 획기적인 역사를 창출한다.

그동안 무동력선인 바지선을 점점 대형화해 오다 큰 바지에 동력을 얹어 자력으로 중량을 선적하여 대양을 항해하는 선박(일명 자항선, Wide deck heavy cargo carrier)을 건조하였던 것이다. 일명 자이언트(GIANT)

시리즈의 시작이었다.

동방 GIANT 1호가 나와서 중공업사에서는 독일이나 다국적 기업의 선박을 사용하여 해외로 수송하던 중량물 해송을 한국 기업인 동방에 맡길 수 있게 되었다. 동방의 노력과 도전으로 국산화된 것이다.

원가 경쟁력은 물론이고 Heavy Cargo의 Door to Door 개념의 일관 하역 해송 시스템으로 기술 영업을 해 왔던 동방이었으므로 세계적 중량해운사(Dockwise, Big lift 등)와는 차별이 되었다.

국내 중공업사에서의 Ro-Ro 선적과 외항 해송은 물론 해외 항구에 도착해서도 로로 하역으로 양하하여 건설 사이트 도착까지 일관으로 업무 수행을 하게 되면서 많은 시간과 원가를 절감하게 되었다.

그 이후 GIANT 선박은 시리즈로 건조되어 지금은 동방 GIANT 8호까지 나와서 해외의 유명한 프로젝트를 단독 또는 컨소시엄으로 참여하여 국내는 물론 해외까지도 그 명성을 떨치고 있다.

몇 해 전에는 영국의 TCO Project를 함께 수행하며 성공했던 중국의 COSCO Shipping 광저우 본사에서, 나도 참석한 가운데 향후도 양사 간 윈윈하자는 중량물 해송 컨소시엄 협약을 체결한 바 있었고, 세계적 EPC 사인 벡텔과의 많은 프로젝트를 성공시켰으며, 호주의 플루토 프로젝트 등 각종 가스오일 프로젝트, 캐나다의 오일샌드 프로젝트, 삼성엔지니어

링의 멕시코 DBNR 프로젝트 등 이루 말할 수 없는 세계적 대형 프로젝트의 성공적 수행으로 그 명성을 알리고 있다.

이 업무에 대한 열정으로 이루 말할 수 없는 고생으로 해외 오지를 오가며 업무를 수행하고 있는 동방의 특수사업본부의 임직원들과 현장 감독들과 선박직 여러분들께 진심으로 감사의 말씀을 드린다.

〈동방 GIANT 시리즈의 부두 크레인 제품 해외 해송 장면〉

제2장

挑戰의 歷史

입사 6개월 만에
가르치는 직원이 되다

1986년 5월 중순 서울에서 공채 3기 집체교육을 마친 뒤 곧바로 사령장을 받고 동방 여수 지사 광양 영업소로 내려온 나는 몇 명 안 되는 영업소 선배들의 경계대상 1호 사원이었다. 그도 그럴 것이 대부분 고졸이나 전문대 졸업의 4급 사원인 데 반해 나는 신입으로 왔지만 3을 사원(주무)이지 나이도 자기들보단 1~2살 아래이다 보니, 업무를 가르쳐 주기는커녕 책상서랍 안으로 서류를 감추고 잠그기 일쑤였다.

회사가 이래서 그룹으로 성장해 가는 과정에서 회사의 발전의 디딤돌 역할을 위해 공채사원들을 뽑았구나 하는 느낌이 들었다. 지금은 오픈파일 시스템이지만 그 당시는 선배가 서류를 감추고 가르쳐 주지 않으면 허드렛일밖에 할 게 없었다.

가끔 본사에 근무하는 동기들과 연락해 보니 지방보다 그런 면에서 나아 보였다. 월급도 적은데 사택이 있는 시절도 아니라 순천의 식당에서 하숙하며 다녔다. 퇴근 후 식당으로 선배나 관리자들께서 술 한 잔씩 하러 오시면, 나는 덩달아 불려 나가 매일 술을 따르고 나도 마시는 생활이 이어져서 딱 2개월 만에 하숙 생활을 접고 자취집을 구해서 나왔다.

그래도 지사장님은 본사에 매월 경영회의를 다니시면서 광양 영업소의 조기 정상화 오더를 받으셔서인지 외부에 영업적으로 자주 다니셨다.

아직 광양제철소 1기 준공이 안 된 시점이라 영업소의 경영이 인건비를 못 견디는 상황이었고, 여건도 열악한 상황에서 나는 타자나 치는 허드렛일을 하였지만 나중에 내가 붙인 용어인 3C라도 열심히 잘했다.

※ 3C: Copy, Computer, Coffee.

즉, 선배들이 부탁하는 저 3가지를 귀찮아하지 않고 성실하게 누구보다 제대로 잘하는 것, 드디어 3개월 수습이 지나자 기회가 왔다.

영업소 경영을 못 견딘 지사장께서 직원 몇 명을 광양 1기 출범 전에 선배 지사인 포항 지사로 미리 업무를 배워 올 수 있도록 포항 지사의 협조를 구하여 교육 근무 명령을 요청하게 되었다. 나도 당연히 포함되어 포항을 가게 되었고 1개월은 포항 지사 영업부에서 배우고 1개월은 항만사업부(당시 작업부), 나머지 1개월은 장비부에서 근무하는 것으로 계획이 되었다.

광양에서 선배들에 대한 설움도 있는지라 정말 열심히 묻고 배웠으며 피우던 담배도 끊었다. 근무 후 하숙집 식사 이후 가까운 전문대학 도서관에서 당일 배운 양식 작성을 해 보고 P사의 원 단위계약에 심취되어 원가계산을 그림을 그려 가며 밤 12시에 도서관 문 닫을 때 하숙집으로 돌아왔다.

항사부에선 현장경험을 몸으로 제대로 배웠고 항사계장님께는 일정에는 없었지만 담배를 사 드려 가면서까지 화이트보드 양식을 베끼고 행정서류 양식을 Copy한 뒤 작성요령도 물어서 배웠다. 장비부도 마찬가지로 했고 밤엔 도서관가서 복습을 반드시 하였다.

드디어 3개월 교육 근무를 마치고 광양으로 내려와선 기존 광양의 양식을 포항 양식으로 전부 바꾸니, 선배들은 갑자기 책상서랍에 감췄던 서류들이 필요 없게 되자 내게 작성요령을 물어 와서 난 입사 6개월 만에 선배들을 가르치는 위치가 되었다.

전문대학 도서관에서 밤새 복습하고 공부한 덕분에 본사에서도 나에 대한 좋은 소문이 나오기 시작하였다. 그 후 본사에서 누구라도 광양에 출장을 오면 '성경민이가 누구야?'라고 궁금해하시던 때가 그립다.

1986년, 3개월 교육 근무 시 양식 작성요령과 원가계산 업무를 상세히 설명해 주신 포항의 선배님들께 진심 어린 감사를 드린다.

광양 지사 창설과 E/T

광양제철소 1기 준공이 1987년 4월이었으니 내가 첫 발령으로 간 1986년 5월 말에는 광양 영업소로 간간히 건설기자재를 하역하고 운송하는 수준이었다. 광양제철소 1기가 준공이 되고 동방도 1기 출하제품 수출하역과 내수제품 공로운송에 참여되면서 이젠 여수지사에서 분리하여 독립된 단위 조직인 지사로의 승격 창설을 앞두고 있었다. 내가 주도적으로 만든 광양 지사는 아니었지만 두고두고 기억에 남을 광양 지사 창설멤버로 초창기 희생하고 고생한 구성원이 되었다.

한편 초창기 보통 내수공로제품은 중량제한 때문에 운송출하 상차 단위가 25톤 내외로 제약이 있는데, 광양제철소는 소품종 다량생산 체제라 포항과 달리 열연코일 단위중량이 거의 제한 중량인 25톤 내외였다.

제철소 구내를 통과하여 부두로 나가는 수출하역 제품출하는 1회 100톤 내외의 제품을 싣고 부두로 운반되어 출하선적할 수 있는 엘리베이팅

트럭(E/T)을 도입하여 일반 추레라와 병행하여 운영하는 게 검토되었다.

　대부분의 하역운송회사는 제철소 경험이 전무하여 포항에서 오랜 경험을 갖춘 동방이 그 검토를 주도하였다. 결국 검토에 성공하여 독일에서 장비가 들어왔고 광양제철소 구내운송과 수출하역은 E/T Pallet system으로 포항보다 더 효율적이고 선진화된 물류개선이 이루어졌다.

　후일 역으로 포항제철소도 그 시스템을 도입하였으며 그 주역에는 동방이 있었다. 지금은 구내운송장비로 현대제철소까지 보편화된 장비지만 도입 당시는 많은 법적 검토와 시운전과정에서 우여곡절을 겪으며 탄생하였다.

* ET: Elevating Truck(한 번에 많은 중량의 철제품을 견인하여 싣고 다니는 해외생산 중량물 운반 장비).

〈철강제품을 상차하여 운반 중인 E/T〉

종합기획 조정실,
택배와 해운의 선택

1991년 말 나는 포항 지사의 영업 1계장에서 그룹 종합기획 조정실(종기실)로 발령이 났다.

나의 인사발령을 두고 포항 지사장이셨던 김진곤 상무님과 종기실 전효일 실장님이 설전이 계셨다고 들었지만 어쨌든 난 그해 겨울 서울로 올라오게 되었다. 맡은 업무는 그룹 내 신사업 발굴을 모색하는 부서였다.

그 당시는 지금처럼 터널과 교량 건설이 발달하지 않은 상태에서 국민소득이 올라가면서 승용차 보유가 증가하는 시점이라 육상의 도로교통 체증이 심각해지는 시점이었다. 그로 인해 우리 회사의 화물차 회전율도 조금씩 떨어지는 시점과 맞물려 있었다.

또한 일본에서는 이미 활성화되고 있었던 택배가 국내의 여러 물류회사에서 조금씩 관심을 보이는 시점이었다. 1992년 초에 일본의 택배를 살펴보기 위해 출장을 다녀왔다. 일본의 유명한 택배 회사는 거의 다 견학을 했다. 다녀온 뒤 보고회를 가졌다.

미래의 물류 변화이긴 했지만 대규모 투자를 지속적으로 해야 하는 점이 회사의 고민거리였다.

또 다른 검토는 P사의 광양 4기에 우리 회사가 연안해송사업에 신규 참여를 하는 것이었다. 사실 우리가 P사 제품물류에 다양하게 많이 참여해 있었지만 연안해송이든 수출해송이든 해송 분야엔 참여하질 못했다.

그 시절 도로교통이 심각해 오던 때라 연안해송으로의 방향 설정이 매우 중요한 시기였다.
결국 회사는 택배와 해송 두 마리 토끼를 다 쫓기에는 투자 여력이 버거웠다. 그동안 잘해 왔던 P사의 전문 해송업체에 참여하여 연안 화물선의 민수 해송확대도 모색하는 등, P사 4기 연안해송 참여에 집중하기로 결정하고 장시간의 노력과 제안으로 성사가 되었다.

그 당시 동방은 여러 척의 바지선이 있었지만 철제품을 실은 경험과 능력의 선박은 동방21호밖에 없었는데 추가로 철강 전용선을 여러 척 신조하는 계획이었다. 그때 P사의 포항, 광양 통틀어 연안해송 업체는 H사와 K사로 당사가 연안해송에 참여한 초창기 K사의 방해는 엄청났으며 약 20년 뒤 당사가 K사를 인수할 땐 개인적으론 많은 감정이 교차되었다.

그 이후 D사와 H사는 택배업에 진출을 했고 약 20년간 대규모 투자의 지속과 사업성면에서 장기간 손해로 관련 많은 임직원들의 무덤이 되었고, 지금은 그들의 변화에 대한 혁신과 장기간 경쟁력을 갖춘 투자로 택배가 오히려 회사를 이끄는 주력이 되었다.

우리 회사는 아마도 해송 대신 택배를 택했더라면 제대로 해 보지도 못하고 또 다른 D사처럼 택배에서 큰 손해만 본 뒤 사업을 접었거나 회사의 존폐도 염려했어야 할 수도 있었다고 판단해 본다. 그렇게 시작한 동방의 철강 해송은 몇 년 뒤 내가 다시 광양에 내려가 선박운영을 맡으면서 최대의 호황을 누리게 되었다.

〈국내 최초 철강 전용 후판 RO-RO 선박〉

해운사업부(해운 지사)를 창설하다

우리 회사 특수사업본부의 중량해운은 평바지(Flat Barge)로 출발하여 자항선을 탄생시키며 해외를 누비며 동방에 주력 사업으로 성장한 반면에, 일반 해운사업은 내가 종합기획조정실 소속일 때 P사의 광양 3기에 연안해송업체로 참여하면서 시작되었다.

사실 참여 당시엔 5동방호(Tug)와 동방21호(Hold Barge) 3,100톤 홀더 바지 1Set밖에 없었다. 본사 소속으로 광양으로 내려가서 그 동방21호 하나로 타 선박을 용선해 가면서 철강제품 연안해송은 물론 강원도에서 포항, 광양으로 내려오는 시멘트 원료인 크링카(산물)를 열심히 선적하였다.

철강제품 연안물량들이 증가하면서 1993년 동방 첫 철강 전용선인 제101동방호(4,100DWT)를 건조하였고, 그리스 선주로부터 96만 弗에 제102동방호(5,200DWT, 일반 화물선)를 사 와서 산물과 벌크 영업을 병행하였다. 이 무렵 나는 광양의 선박운영은 현장에 맡기고 서울로 올라와 해운영업을 하면서 전문 인력을 영입하고 뽑으면서 해운사업부를 창설하게 되었다.

즉, 서울과 광양, 포항 등 조직이 한 사업부로 기틀을 잡게 되는 것이었다. 1996년에는 제103동방호(4,300DWT, 외항겸용 철강전용선)를 건조하여 운영하던 중 IMF를 맞았고, 철강로로선(Roll on-Roll off: 자동차가 직접 선박으로 들어가 제품하역을 하는 선박) 2척이 건조되고 있는 상황이었는데, 광양의 운영에서 적자가 지속되자 회사는 나를 다시 광양으로 보냈고 곧 흑자 전환되면서 그 이후 해운사업부는 제2의 전성기를 맞게 된다.

철강로로선 동방챌린저호(7,200DWT)와 동방글로리호가 1998년 1월과 4월에 신조 취항되면서 해운사업부장을 맡은 나는 당당히 사장님 주재 월간 경영회의에 지사장급으로 이름을 올리고 참석하게 되었다.

그 당시 사장님은 계속 흑자를 실현하며 회사에 희망을 주고 있다고 하시며 전지사장님들 앞에서 나를 칭찬하셨다. 그런 해운사업부는 동방에서 세계 최초로 후판전용 로로선인 동방ACE호를 특허 출원하며 탄생시키면서 최고의 전성기를 누리게 된다.

나는 그 선박의 성공과 더불어 40대 초중반의 나이에 동방그룹의 로열패밀리를 제외하곤 다섯 손가락 안에 드는 초고속 승진으로 2003년 말 인사에서 이사보가 되었다.

그 당시 같이 고생했던 우리 직원들과 용역선사 사장님들과 임직원들, 선박 수리로 함께 고민해 주신 분들, P사의 관계자들과 민수 화주분들의 도움에 깊은 감사를 드린다.

〈해운사업부의 동방ACE호〉

NOVIO호와 캡틴

1990년대 중반 나는 본사에서 해운영업을 하고 있었다. 우리 동방과 두우해운은 부산에서부터 하역과 선사대리점으로 공생하며 서로 협조하는 관계였지만 우리 회사 안에서는 본사 컨테이너 영업 파트에서 두우해운과 더 가까웠다.

어느 날 컨테이너팀을 통해 두우해운을 만나 달라는 요청이 있었다. 만나 보니 국내 시멘트 물량을 개런티 받고 NOVIO호란 선박(5천 톤급)을 도입했는데 두우해운은 연안해송 면허가 나오질 않아 고생이 많았다.

그래서 나는 여러 고민 끝에 동방의 연안해송 면허와 두우의 물량 개런티를 활용해서 동방에서 운영을 하는 것으로 제안을 하였는데 이게 우리 회사와 두우해운의 이해관계가 잘 맞아 떨어졌다. 정말 양사가 원원하는 창의적인 제안이었고 면허를 등록하는 과정에서 선박도입의 배경 등이 문제가 되기도 했지만 극복할 수 있는 것이었다.

결국 힘들게 NOVIO호의 면허등록까지 마치고 두우해운이 개런티 받은 시멘트를 직접 운영하게 되었다. 간혹 동방의 자체 물량으로 복화운영도 수행하면서 두우해운으로서는 고민에 빠졌던 그 NOVIO호가 실적도 나날이 좋아지면서 양사의 신뢰를 더욱 공고히 하는 운영이 되고 있었다.

또한 두우해운도 동방과는 컨테이너 쪽만 관계가 되었지만 벌크 쪽과 연안해송 쪽도 큰 인연의 고리가 형성되었고 그때 실무자였던 장 상무님과 서 부사장님들과는 그 인연으로 지금도 좋은 관계를 맺게 해 주는 매개체가 되었다. 나는 몇 년 뒤 다시 해운사업부 소속으로 광양으로 가면서 그 업무를 회사의 조 대리에게 인계하였다. 그 이후도 그 NOVIO호는 몇 년간 잘 운영이 되었다.

두우해운은 선사 및 선사대리점으로 창업하신 이 회장님을 캡틴이라 부르셨는데 그 NOVIO호 인연으로 가끔 나도 그 캡틴과 명동의 포장마차 등에서 술자리를 하는 기회가 많아졌고 가끔은 이 회장님 댁 근처의 막걸리집에서도 술을 마실 기회가 있었다.

이 회장님은 너무 소탈하시고 해운의 정보나 지식과 경험이 보통이 아니셨다. 나는 가끔 저녁 9시쯤 회사를 퇴근하여 우리 아파트 모퉁이를 돌아 들어가면 그 전봇대 기둥 밑에 할머니가 그날 다 못 파신 양파나 마늘 때문에 떨이를 하고 계신 모습이 안쓰러워 3천 원 정도의 식재료를 사 드리고 집에 가서는 마트에서 세일해서 사 왔다고 하고는 부엌에 놓아둔 적이 있었다.

몇 번은 이 회장님과 강서구 댁 부근의 막걸리 집엘 갈 기회가 있었는데 그때마다 이 회장님은 길 입구에 식재료 파시는 할머니를 보면 그 할머니가 다 못 파신 물건 전체를 얼마냐고 물으신 뒤 더 얹어서 값을 치르시고는 또 그 식재료를 들고 올라가면서 몇몇 식당에 공짜로 다 나눠 주시는 것이었다. 나랑은 스케일도 다르시고 집에도 안 가져가고 나눠 주시는 것도 그렇고 마음 씀씀이가 너무 좋았다. NOVIO호가 인연이 되었지만 지금도 그런 좋은 점 덕분에 존경하며 정보도 많이 얻고 때론 꾸중도 들으면서 좋은 인연을 잘 이어 가고 있다.

존경하는 캡틴!

부족한 저를 좋게 봐주시고 잘 이끌어 주서서 감사합니다. 항상 그런 점을 존경하고 고맙게 생각합니다. 충성!!!

〈사진 좌측 2번째 캡틴 및 간부님들과의 한때〉

제1회 올해의 동방인상 수상

1997년 10월 IMF로 국가도 위기인 시절 서울에서 광양으로 내려가 만성적자 지사인 해운사업부의 운영을 맡아 조기에 흑자 전환시키자, 회사에선 사장님 이하 全 임직원들이 깜짝 놀란 굉장한 사건이었다.

설마 하고 확인차 내려온 본사 감사팀에 내가 10월 이전과 10월 이후의 선박운영과 추가 물량개발의 진척은 물론 원가절감 내용까지 비교해서 보고하자, 바로 납득을 하고 만 하루 만에 본사로 올라가게 되었다.

연말까지도 계속 흑자가 나자 그 당시 그룹 종합기획조정실에서 1계급 특진과 금 한 냥의 메달이 부상으로 주어지는 '올해의 동방인상'을 새로이 제정 중이었는데, 동방에서는 나를 적극 추천하려고 하였다.

그 추천이 통과되면서 1998년 1월 회장님이 주관하시는 신년 동방그룹 시무식에서 나는 영광스럽게도 제1회 올해의 동방인이 되었고, 2갑 4호에서 1을 차장으로 승격되었다.

그 올해의 동방인상은 지금까지도 24년째 매년 올해의 동방인을 배출
하며 행사를 해 오고 있다.

성진호와 바지선, 울산 지사 중량사업 태동

1990년대 중반 해운사업부 영업을 서울 본사에 올라와서 하던 시절에 국내 조선소들은 수주 호황이 시작되었다. 그런데 우리 회사는 창원 지사가 기존의 바지선 두 척과 일부 용선으로 매출을 올리고 있었을 뿐 그에 대응하는 사선 신조가 없었다.

(후일 내가 해양수산부의 계획조선 자금을 이용하여 동방8001호 1세트를 건조하도록 도와줬다. 난 그 일로 1999년 바다의 날 해양수산부 장관 표창을 받았다.)

국내 대형 조선소들은 수주가 넘치니 대형 선박을 설계하면서 블록 단위로 나누어 선각블록(선수미 블록 등)을 동남해안의 조선소 인근의 능력이 있는 업체들을 선정하여 제작 하청을 주면서 공기도 단축하고 경쟁력도 확보하는 일거양득 정책을 폈다.

그러다 보니 그런 선각블록이 완성되면 다시 대형조선소로 이송을 하게 되는데 중량과 사이즈 초과로 야간에 운송하여 부두로 와서 바지선에 선적 후 조선소에 납품이 이루어져야 했다. 회사 내에서 포스코 철강제품 연안해송을 맡고 있던 해운사업부는 독립채산제 운영의 장점을 살려, 그 당시 마산 지사가 놓치고 있던 그 소형 블록 영업을 위해 중소형 바지선 동방2001호를 부산의 한성조선에서 신조하였고 터그보트는 용선하여 선명을 성진호라 짓고, 울산의 성진기계(후일 성진지오텍) 등에서 생산하는 선각블록의 일괄 계약을 체결하였다.

성진호라 이름 지은 것도 영업적인 발상에서 나온 것이며, 주계약자였던 성진기계의 관계자들에게 좋은 반응을 보인 것은 물론이다. 그때만 해도 우리 울산 지사는 삼양사의 원당과 파이프 하역을 하는 정도였지 중량물팀이 없을 때 내가 그 계약을 체결하고(신한기계, 성진기계 등), 울산 지사에 중량 육상운송을 맡기게 되면서 지금은 없어서는 안 될 울산 지사 중량사업이 그때 탄생하게 되었다.

그 당시 울산 지사는 중량물 운송 및 하역의 경험과 개념이 없이 마산 지사 등에 배우거나 들어서 하다 보니 많은 시행착오를 겪기도 하였다. 그 동방2001호는 성진호와 더불어 해운사업부 바지 중량영업의 토대를 마련하였고 수익을 크게 내게 되면서 중고 바지선을 추가로 매입하는 등 해운사업부 중량사업 활성화에 기여하였다.

후일 블록들이 더 대형화되면서 동방2001호가 작다는 판단에 나는 선박엔지니어들과 상의 끝에 그 배를 키우기로 결정하고 신조했던 한성조선에서 다시 3,000톤 바지로 개조작업을 하여 동방 3001호라 명명하였다.

바지선을 십자가로 잘라서 Depth(높이)는 그대로 두고 Length(길이)와 Width(폭)만 키우는 개조작업을 하였다. 엔지니어 기술의 승리라 할 수 있는 개조작업이었다. 그 작업에 기여한 한성조선과 우리 회사의 김태웅 감독 등 엔지니어들에게 경의를 표한다.

그렇게 재탄생에 성공한 동방 3001호는 회사에 많은 중량물 틈새시장을 개척하였고 효자선박으로 수명을 다할 때까지 큰 기여를 하였다.

지금은 그 정도의 일들은 지방의 중소기업들도 쉽게 처리하는 중량물(운송, 하역, 해송)이 되어 버렸지만, 초창기 개척할 당시엔 우리가 선두로 치고 나가면 보고 배워서 후발 기업들이 따라오는 수준이었으니 격세지감을 느낀다.

〈TUG & BARGE의 해송 장면〉

LOU와 Guarantee

대개의 초대형 화주들은 자사가 생산한 제품을 수출하거나 국내 연안 해송을 통해 수송을 하게 된다. 그런데 그 화물을 수송할 선박들은 중대형 선박회사에서 화주의 Needs에 맞추어 건조한 선박 또는 전 세계시장에서 용도에 맞는 선박을 용선하여 처리하게 되는데, 이 선박의 용선료는 주식시장과 비슷하게 전 세계 처리 물동량과 선박의 수급과 연동하여 큰 폭으로 움직이게 마련이다.

이를 위해서 초대형 화주들은 자기들의 조건에 맞는 선사들에게 장기 화물 운송 계약(COA, contract of affreightment)을 보장해 주면서 수송에 딱 맞는 적정 선박을 건조해서 투입하라는 계약을 체결하게 된다.

물론 이렇게 건조된 선박은 용선료가 치솟을 때 안정적 운임에도 기여하면서 수송도 적기에 부족함이 없이 수행할 수 있는 장점이 있는 반면, 시장에 선박의 과잉으로 용선료가 한없이 떨어질 때는 상대적으로 시장보다 비싼 운임을 지불하는 단점도 발생하게 된다.

어쨌든 대형화주의 입장에서는 예측 가능한 운임과 안정적 수송이 가능한 장점으로 선호하는 선박의 확보 방법 중 하나이다. 그런데 이런 선박을 건조하는 선박회사는 일반회사들보다 부채비율이 상대적으로 높다. 때문에 선박 신조 시에 돈을 빌려주는 금융권에서는 신용평가등급을 사유로 조금 더 높은 금리를 책정하여 빌려주게 된다. 그럴 때 선박회사에서는 화물을 맡길 COA를 작성해 준 화주에게 부탁을 해서 은행에 화물 적하보증을 Guarantee해 주면 선박 건조 차입 금리를 낮출 수 있는 상황이 된다.

어차피 그런 선박은 그 화주를 위해 건조하게 되며 약 20년가량 보장을 받아 진행되므로, 그 화주들도 은행에 그 배와 화물에 대한 보장을 Guarantee한다고 해서 나쁠 것도 없고 오히려 신조 금리가 인하되므로 화물 수송 원가에 도움이 되는 일인 것이다.

그런데 대개의 화주들의 이해도가 부족하거나 윗선의 결재가 어렵거나 법무팀의 반대로 은행들에게 보장을 회피하거나 겨우 선적이행각서(LOU, letter of undertaking, 화물보장) 정도를 해 주면서 선박 및 화물 전체를 보장(Guarantee)해 줄 때보다는 조금 더 비싼 금리를 대출받아 건조를 진행하게 되면서, 결국 수송원가를 더 낮추지 못하는 안타까운 일들이 발생하게 된다.

나는 우리 회사 내 선박 담당을 하게 되면서 이런 안타까운 일들을 많이 경험하였다. 해상 교통이 일찍이 발달된 영국이나 북유럽의 해양 관련법 제도나 보험제도, 금융제도가 잘 발달된 국가들은 이런 제도에 대한 이해도가 높고 지원정책이 원활하여, 우리도 선진국으로 한걸음 더 내딛기 위해서는, 수출로 먹고사는 대한민국의 입장에서 국제해사기구(IMO) 총재도 한국인이 선출되는 등 해양제도의 더 큰 발전과 폭넓은 이해가 많이 확산되기를 기원해 본다.

* 국제해사기구(IMO: International Maritime Organization): 선박의 항로, 교통규칙, 항만시설 등을 국제적으로 통일하기 위하여 설치된 유엔 전문기구, 본부는 영국 런던에 소재.

〈한국전력 발전자회사의 석탄 전용 수송 COA 선박의 석탄하역 장면〉

〈POSCO의 COA로 건조된 철강전용 RO-RO선박〉

동방ACE호,
불가능을 가능으로

동방의 해운사업부가 P사의 철강 전문 연안해송업체로서 자리 잡고 기타 일반 민수 산물해송에도 사업을 확대하며 전성기를 누릴 2002년 무렵 이미 성공적으로 운영이 되고 있던 철강전용선과 코일로로선에 이어서 조선경기 활성화에 따라 후판제품도 운송품질을 강화할 수 있게 후판로로선 검토가 진행되고 있었다.

동방도 운영하고 있던 코일로로선 2척은 사실 K사가 기술의 원천이었고 건조는 동방이 더 잘 신조하여 운영하였다. 그런데 코일로로선 원천기술과 경험을 가진 전문해송 선사인 그 K사 마저도 50톤 내외로 선적하는 코일은 로로선으로 되지만, 한 번에 250톤씩 선적하는 후판은 로로선으로 하기 어렵다는 결론이 나자 P사의 후판로로선 계획도 지지부진하게 됐다.

어느 날 광양 사택에서 김태웅 과장과 나는 동방이 초중량물도 바지선에 Ro-Ro로 선적하여 외항도 운항하는 최고 전문회사인데 그까짓 300톤도 안 되는 후판 팔레트를 Ro-Ro로 선적하는 게 불가능한가?라는 명제를 가지고 그 당시 마산 지사에 견학도 가서 한 번 더 기술 검토를 해 본 뒤 결론을 내자고 하였다.

출장 후 어렵지만 불가능한 건 아니라고 결론짓고 동방은 후판도 로로가 가능하다고 P사에 제의했고, P사는 전국의 연안해송업체에 후판로로 사업제안 경쟁입찰을 발표하게 되었다. 기존의 P사 연안해송업체에서는 동방 외에는 기술의 검토가 미흡한 제안이었고 외부 업체 한 곳과 동방의 기술제안이 경쟁을 다투었으나 최종적으로는 당사의 제안이 채택되어 P사의 18년 장기계약을 전제로 중국에서 신조키로 하면서 선명은 짧고 선두의 의미를 부여한 '동방ACE'호로 짓게 되었다.

중국에서 건조 후 진수식에는 P사의 부사장님 내외를 초청초청하였다. 포항에서의 첫 취항식은 P사의 주관으로 해양수산부 장관님을 초대하여 후판로로 전용부두에서 진행하게 되면서 불가능을 가능하게 만든 화제의 사건이 되었다.

그 이후 동방ACE호는 설계 특허가 동방으로 나와 회사의 연안해송 상징이 되었다. 말로한 2~3차선 발주권은 약속이 지켜지지 않아 많은 아쉬움을 남기기도 했지만 우리 도면을 구입하여 후속 시리즈로 나온 타사의 후판로로 선박은 콜럼부스가 달걀을 깨어서 세운 것만큼 쉽게쉽게 나와서 다 같이 철강물류 개선에 많은 기여를 하였다.

그 당시 해운사업부 직원들은 광양에 T/F team을 꾸려 6개월간 어떤 때는 새벽 2시까지 일들을 하기도 했으며 P사의 관계자들, 포항 지사의 한윤홍 팀장 등 항사부 관계자들의 지원 및 대우조선해양과 양하지 조선소를 방문하여 관계자들의 현장 기술검토 시에 로컬대리점 박진문 사장 등의 지원이 큰 도움이 되었다.

이 프로젝트가 건조 이후 실패하면 나는 옷을 벗을 각오인 반면에 성공하면 여기에 관계한 우리 직원들은 승진을 꼭 시켜야 겠다는 마음이 같이 공존했었다. 동방ACE호의 성공적 취항 이후 그 약속을 지켰고 박진문 사장은 동방ACE호의 거제 대리점을 맡았음은 물론이며 중국까지 가서 막바지 실무인수를 맡았던 박양모 선장과 선원들의 노고에도 깊은 감사를 드린다.

TPL 부문과
천안 지사의 창설

2004년 하반기 나는 내가 만들고 동방의 한축으로 자리 잡은 해운사업부(후일 해운 지사)를 뒤로하고 본사의 장비, 철강, 벌크영업을 담당하는 부문장(이사보)으로 근무하게 되었다. 본사의 임원이었지만 달랑 책상 하나 있는 좁은 골방에 비서는 물론 신문도 없고 차(茶)도 한 잔 주지 않는 대우를 받고 있었다.

2005년 말 어느 날 아침 출근 후 로열패밀리이시자 대표이사께서 갑자기 내 방에 오셔서 "여기가 성 이사 방이가?" 하시며 본인도 회사가 나에 대한 대우에 좀 실망하시는 눈치를 하시며 다급히 나에게 3PL(TPL, 3자물류)를 맡아 줘야겠다고 하시는 것이었다.

나는 TPL이 뭔지도 모르고 생소했다. 내용은 이랬다. 그날 아침 회장님께서 출근길에 승용차에서 보신 경제신문에 우리 경쟁사인 H사가 "3PL로 N타이어사 매출을 몇백 억 달성하다"라는 기사를 접하시고 대표께 전화를 하서서 노발대발하신 것이었다.

　사실 우리 회사도 그전에 종합기획조정실에 3PL 등 신사업 발굴 TFT가 이사급 팀장으로 구성되어 있었지만 아직은 제대로 보고할 만한 실적 거양은 되지 않았던 차에 그 전화를 받으신 대표께서는 갑자기 내가 생각이 나셨는지 종기실 인원 중 일부를 내 소속으로 줄 테니 한번 활성화해 보라는 것이었다.

　나는 전혀 생소한 업무에 기존업무도 중요하고 해서 별도의 시간을 만들어 3PL(TPL)이 뭔지 정보를 수집하고 책을 사서 공부도 하고 아는 분들께 자문도 받고 준비를 하였다. 드디어 2006년 1월 장비, 철강, 벌크에 이어 초대 TPL 부문장 타이틀로 간판을 내걸게 된 것이었다.

　공부도 했지만 일부 진행되고 있었던 삼성테스코 홈플러스로 나의 TPL 첫발을 내딛었다. 그 당시 동방의 주운송 장비는 추레라이고 창고도 철제품 전문이거나 컨테이너의 CFS 보세창고가 주력이었는데, TPL은 주력 인프라가 16톤 윙바디차량과 5톤 냉동차량 등이었으며, 창고는 5단 랙(Rack) 설치가 된 상온 창고나 저온 창고가 주력이었다.

　하지만 우리 회사는 그동안 그런 인프라와는 거리가 멀었으니 시작이 순탄하지 않았다. 하지만 홈플러스 실적이 조금씩 좋아지며 이런저런 제안을 통해 그렇다한 장비와 물류센터의 인프라를 갖추게 되었다.

LG하이로지스(후일 LX 판토스)와의 큰 제안을 통해 윙바디 사업을 확충했고 함안과 제주사업을 하며 상온의 윙바디와 저온의 냉동냉장 5톤 탑차량에 첫발을 내딛었고, 제주 롯데마트의 5톤 저온 특수차량 제안이 성공하여 5년 계약, 용인 밀크런 제안 성공하며 물류센터 확보, 함안 45피트 3온도 컨테이너 참여로 대형 저온차량시대 개척 등을 이루었다. 힘들었지만 마음먹으면 다 이루어졌다.

그래서 여기저기 사업장이 생기게 되면서 이런 사업장과 영업소를 하나로 묶는 천안 지사를 2008년 창설하게 되면서 운영을 책임지게 되었다. 지금 그 천안 지사는 큰 투자도 못한 상황에서도 쿠팡까지 가세하며 당사 최고의 지사가 되었으며 흑자실현도 꾸준히 하고 있다.

나도 그 창설 주역으로 큰 자부심을 느끼는 전문 분야이며 사업장이다. 암튼 그 초창기 고생했던 TPL과 천안 지사 직원들께 감사드린다. 그 당시 직원들은 연말 인사고과의 본인 작성란 중 가고(하고) 싶은 일들을 기술하는 란에 TPL을 해 보고 싶다는 게 유행처럼 번지기도 하였던 점이 나를 자부심으로 웃게 한다.

* TPL(3PL); Third Party Logistics(제3자 물류, 즉 화주의 자가운송이나 계열사 물류가 아닌 순수 경쟁력을 갖춘 제3자의 전통 수행 물류).

제주 감귤 전문가가 되다

2006년 1월 동방 초대 TPL사업부문장을 맡아 3PL이 뭔지도 모른 내가 SCM을 공부하고 삼성테스코 홈플러스 영업을 확대할 무렵인 2000년대 후반기, 홈플러스 함안 센터 운송까지 3온도 45피터 특수차량으로 어렵게 참여하게 되었다.

그 후 조금 지난 뒤엔 우리 차량이 새로 개장한 서귀포 홈플러스를 배송하는 입찰에 낙찰을 받아 참여를 하게 되었다. 제주에서 돌아오는 차량들이 선박을 타고 다시 육지로 돌아오는데, 복화가 없으면 경쟁력도 상실케 되고 그 Loss가 너무 심각한 수준이었다.

그래서 홈플러스에 알아보니 겨울철 감귤이 홈플러스 물류센터 몇 곳에 납품이 되는데 지역농협과 영농조합, 협동조합 등임을 알 수 있었고, 이미 농협중앙회의 자회사 격인 농협물류에서 담당을 하고 있었다. 포기하고 다른걸 알아보니 홈플러스 납품 제주감귤만 한 게 없었다.

그래서 제주 출신 직원을 한 명 뽑아 그 지역농협과 영농조합의 문을 두드리니 농협물류가 잘하고 있는데 왜 왔냐고 문전박대였다. 원래 섬사람들이 그렇지만 사람 사귀기가 참 어려운 곳이다.

자존심이 상해도 자주 들렀다. 얼굴도 안 마주치고 문전박대는 물론 사무실에서 차 한 잔은커녕 앉으라고도 안 한다. 제주 출신 직원이 제주방언을 해야 겨우 얼굴이라도 봐주는 수준이었다.

그런데 연구를 해 보니 이들이 홈플러스를 납품하는 조건이 까다로워 온도를 못 맞추거나 팔레트에 쌓여 육송과 해송이 되는 과정에서 짓눌림 현상이 생기면 육지 홈플러스 센터에서는 회송을 시키는데, 농협물류는 홈플러스 센터에 비수기에는 일부 팔레트를 하차하고 농협하나로 마트의 센터에 2차 납품을 하러 움직이기 때문에 다시 회송을 할 수 없는 시스템으로 운영이 되는 점을 파악할 수 있었다.

그 회송비용과 손해는 이루 말할 수 없는데 우리 TPL현장직원들과 의논해 보니 회송지시가 함안 센터나 안성 센터에서 떨어지면 함안 센터에 근무하는 우리 직원들과 안성은 용인 물류센터의 직원들이 분류작업을 하여 전량 회송을 막고 일부 짓눌린 감귤만 폐기하면 90% 이상은 살려서 납품이 가능했다.

이것은 농민들이 어렵게 농사지어 납품된 감귤의 회송으로 인한 엄청난 손해를 대폭 줄일 수 있는 획기적인 것이 될 수 있겠다 싶어서 그 이후 제주 직원과 제주의 농협이나 영농조합을 방문할 땐 이 점을 강조했다.

그래도 요지부동인 그즈음 농협 핵심 간부가 바뀌고 그 바뀐 간부의 장인 초상이 나서 자연스럽게 조문을 가서 인사를 하며 얼굴을 알리고 또 우리는 홈플러스에 관해서는 대한민국 최고이니 홈플러스 납품에 문제가 생기면 연락을 달라고 하고 돌아왔다.

그러던 어느 날 밤 9시 제주의 농협 감귤 담당에게 전화가 왔다. 다급히 나를 호출했다. 좀 전에 안성 센터에 납품한 감귤의 짓눌림 현상이 발생하여 전량 회송 지시가 떨어졌는데 농협물류 차량은 의정부를 올라가고 있어서 회송이 불가하다는 것이었다.

내용물은 5팔레트 10kg 400박스라고 하였다. 나는 쾌재를 부르며 용인 센터와 천안 직원들에게 비상 상황을 알리고 최선을 다해 분류 작업을 해주고 폐기를 최소화하자고 일전에 교육한 그 내용으로 주문을 하며 제주 쪽과 계속 연락을 취했다.

그 감귤은 새벽 배송으로 홈플러스 매장에 오전에 도착하는 제품이었기에 밤에는 작업이 끝나야 했다. 우리 직원 여러 명이 지원되어 400박스 중 5%인 20박스는 폐기하고 380박스는 회송을 막고 검사를 통과하여 납품이 가능하였다.

그때 시간이 새벽 1시가량이었는데 제주의 농협에 알리니 대단히 고마

위했고 그 사실이 서귀포 쪽 감귤 납품 업체에도 소문이 쫙 퍼졌다. 그 이후 내가 제주에 영업차 들렀을 때는 의자도 내어 주고 차도 한 잔 주면서 맛있는 레드향도 맛보게 해 주는 등 대접이 좋았다.

농협물류와의 계약 기간이 얼마 남지 않았으니 그때까지만 참아 달라고 하였고 홈플러스에 납품하는 감귤은 동방으로 전량 다 주겠다는 약속을 받았다. 제주에 감귤 영업차 다닌 지 6개월이 지난 뒤의 사건이었다. 그동안 서러움도 많았는데 햇볕을 보는 순간이었고 우리 차들은 복화가 가능했고 성수기에는 제주 8피트 컨테이너로 해송하게 되면서 제주 선사들과도 많은 어려움을 겪었지만 감귤 영업 초창기에 비해서는 견딜 만했다.

그 이후 서귀포의 지역농협 조합장님과 전무님, 영농조합의 부회장님과 사장님들과 친분이 두터워져서 술도 한 잔씩하며 괸당사이가 되어 갔다. 1사 1촌으로 수망리와 관계를 맺고 감귤에 대한 지식도 쌓이면서 어디를 가든 감귤이 있으면 맛보며 당도를 추정하고, 시간이 흐른 뒤엔 지역의 공식 행사에 초대되어 감사패도 받고 농협의 전무님과는 갑장으로 나이가 확인되자 괸당같이 잘 지냈다. 지금도 그 인연으로 우리는 초창기 초심을 잃지 않고 감귤 농민들의 마음을 헤아려 소중하게 감귤을 수송하고 있다.

그때 도와주신 N농협과 M영농조합, H영농조합, J감귤협동조합, 최근의 H농협 관계자들과 고인이 된 나의 제주 괸당 친구 등 많은 분들이 주마등처럼 떠오른다. 직접 발로 뛰며 현장을 누빈 사람만이 느낄 수 있는

진한 감정이다. 모두들 고맙고 감사한 일이다.

〈제주 감귤 수송용 냉동 냉장 차량〉

제2011-41호

감 사 패

(주) 동　　　방
영업본부장 성 경 민

　귀하께서는 우리 농협에서 납품하고 있는
홈플러스 주식회사의 물류를 총괄하면서
물류비용 절감을 통하여 농업인의 소득증대에
기여하였을 뿐만 아니라 우리농협 판매사업
증대에 많은 지원과 협조를 하여 주신데
대하여 깊이 감사를 드리오며 그 고마움을
이 패에 담아 드립니다.

2011년　2월　25일

남 원 농 업 협 동 조 합
조합장 고 권 만

밀크런과
용인 물류센터의 탄생

우리 용인 물류센터의 탄생은 나와 삼성테스코 홈플러스 물류개선 식사 자리에서 시작되었다. 홈플러스는 영국 테스코 그룹에서 투자하여 한국에 선진유통과 물류기법을 그들의 경험으로 펼치면서 이마트와 롯데마트에도 적잖게 영향을 주었다.

그 이면에는 한국 홈플러스의 회장님과 임직원들이 한국에 맞는 시스템을 구축한 노력이 더 크게 영향을 끼쳤다. 초창기 홈플러스의 상온 물류센터는 천안(목천)에 자리 잡고 있었는데, 차량들은 전용 차량으로 타사 화물을 선적하지 못하는 시스템으로 서울과 경기 수도권 홈플러스 매장에 배송을 다녀온 차들은 곧바로 목천 물류센터를 공차로 내려가는 상황이 되었다.

또한 홈플러스에 납품하는 수도권의 수많은 중소형 벤더(Vendor, 생산 납품 업체)들은 생산 후 중소형차량들을 이용하여 차량 1대분이 안 되어도 납기를 맞추기 위해 목천으로 납품을 하게 되면서 물류비가 많이 낭비되었다.

여기에 착안하여 동방이 성사시킨 사업제안은 이랬다. 우선 목천에 납품하는 수도권 벤더들의 제품을 깔때기처럼 모을 수 있는 지역 선택이 중요하여 목천까지의 거리를 감안한 용인 집하센터를 두기로 했다.

그다음은 벤더들을 찾아다니며 생산에만 전념하도록 납품은 우리가 밀크런(milk Run) 방식으로 정기적으로 순회 집하를 하겠다고 제안하였다. 그리고는 홈플러스에는 수도권 배송을 마치고 공차로 목천(천안시 수신면)으로 회귀하는 대형 전용 배송 차량을 우리 용인 물류센터로 와서 이미 우리가 벤더를 대신해 집하해서 대형차량에 맞게 준비한 팔레트 화물을 상차하여 내려갈 수 있는 제안을 하니 그 반응이 너무 좋았다.

목천에 도착한 용인의 밀크런 화물은 크로스 도킹(Cross Docking)으로 바로 점포로 나가거나 일부는 목천 센터에 일시 보관 후 분류되어 점포로 출하되는 방식으로 운영이 되었다. 이렇게 三者(벤더, 홈플러스, 동방)가 다 좋아지는 이 제안은 유통회사의 소스를 우리의 창의와 아이디어로 성공함으로써 SCM학회나 대학원 논문 등에도 사례발표를 하였고 밀크런과 Cross docking 등 유통물류 SCM의 좋은 사례가 되었다.

그때 도움을 주신 홈플러스 관계자들과 납품 업체(Vendor)들과 용인 물류센터 탄생에 기여한 우리 본사 TPL과 천안 지사 직원들께도 감사드린다.

※ 밀크런(Milk run): 즉, 우유회사가 이 산 저 산 소젖을 생산하기 위해 방목 중인 축산 농가에 밀크 싣는 특수 탱크로리 차량으로 젖을 수거하기 위해 순회 집하하는 것에 비유한 SCM 물류 용어.

※ 크로스 도킹(Cross docking): 창고나 물류센터로 입고되는 상품을 창고에 보관하는 것이 아니라, 분류 또는 재포장의 과정을 거쳐 곧바로 다시 배송하는 물류 시스템. 물류센터에 도착하면 보관하지 않고 바로 각 매장이나 고객의 주문에 맞게 소량으로 배달함으로써 물류비용을 절감할 수 있다.

〈밀크런용 순회 배송 소형 윙바디〉

삼다수 인연

2011년 내가 맡은 업무 중 한참 TPL 부문이 절정을 달하던 시기에 제주 삼다수가 2기 입찰이 나왔다. 1기 때 컨소시엄으로 참여했다 떨어져서 재수를 하는 입찰이었다. 그전엔 농심이 판매와 물류를 다 하고 있었는데 제주도 개발공사가 외부 전문 물류사에 물류 부문만 맡기는 방식이었다.

2기는 지역을 세 지역으로 담당을 나누어 일정 자격을 갖추면 거의 가격 입찰로만 진행을 하는 방식이었다. 수도권역이 약 50%가 넘는 지역이었고 우리 회사는 수도권에 참여키로 하였고 경쟁도 제일 치열했다.

삼다수는 국내 종합물류의 진수를 다 활용할 수 있는 3PL의 종합 백화점이다. 제주도 내 운송, 제주도 내 항만하역, 연안해송, 내륙항 항만하역 및 일시 보관, 내륙운송, 하차입고, 내륙 물류센터 보관, 팔레트 및 페트병 제주항 입고 및 회수로 이어지는 종합물류 서비스로 완성되는 물류의 성격을 가지고 있다.

서류를 준비하고 통과된 업체들에 한해서 입찰 마지막 날은 단가만 투찰하면 바로 업체가 선정되는 그날은 지금도 잊지 못한다. 컨소시엄 파트너 회사와 우리 실무자들과 협의 끝에 투찰단가 두 가지를 들고 마감 30분전까지 단가를 결정을 못 하였고, 입찰장 분위기를 파악한 뒤 마지막으로 낮은 단가로 결정하여 제출하였다.

우리의 파트너사의 능력을 믿은 것도 있었다. 결국 그해 공사의 삼다수 외주 2기에서 우리는 수도권역 입찰에 낙찰되었고 3년간 업무 수행을 부여받았다. 단가가 낮아 협력사와 파트너사에 많은 하불 단가를 줄 수는 없었지만 물량의 보장은 해 줄 수 있었다. 덤으로 홈플러스용 납품 삼다수의 버퍼 담당은 우리가 맡게 되면서 시너지도 낼 수 있었다.

그렇게 최근까지 처음이자 마지막이 되어 버린 우리 회사의 삼다수 물류용역은 수많은 신화를 남겼고, 기간 중 세월호 사건으로 인해 계약 기간 중 단가 인상을 받는 유일한 회사가 되었고 광동제약이 판매사가 되었으며 우리는 또 추가로 1년을 더 맡게 됨으로써 결국 최장인 4년간 물류용역을 수행하게 되었다.

홈플러스의 삼다수 버퍼 용역은 그때 이후 12년째 우리가 수행하는 계기가 되었고 그때의 직간접 인연으로 적은 물류 용역비에도 불구하고 서로의 의리를 지켜 준 제주 도내 신광해운 정 사장과 성우해운 최 사장님, 제주 중앙운수의 김 이사장 등 운송사 분들께도 감사의 말씀을 드리며, 그 당시 제주도 개발공사의 관계자들과 삼다수의 간접 인연이 되어 준 홈플러스에도 감사드린다.

〈제주 삼다수 수송 특화 2단 적재 컨테이너와 제주항 하역〉

영업본부장 겸
동방 물류센터 대표

부산 4부두가 친수공간으로 바뀌면서 동방은 북항에는 직접 하역하는 부두가 없게 되었고 지금의 부산신항으로 컨소시엄으로 신설부두 참여를 모색했지만 여의치가 않았고, 신항 배후부지에 부산항만공사(BPA)의 부지 운영권을 외국인과 선사의 참여를 이끌어 내며 획득했고 물류센터를 건립하여 운영하게 되었다.

그런데 신항에 부두 운영권 없이 물류센터만 운영하려고 하다 보니 주력 물량이 확정되지 않은 상태에서 물류센터의 건축 도면을 확정하지 못하고 있었다. 그 당시 내가 맡은 업무는 아니었지만 담당 임원과 물류센터장이 의논을 해 와서 함안의 홈플러스(Homeplus) 물류센터를 소개해 주었다.

다녀온 직원들이 견학한 내용을 참조하여 물류센터 5천 평을 건립하였으나 신항 전체의 활성화도 지지부진한 데다 배후부지 물량의 유치는 더

욱 어려운 가운데 동방의 부산신항 물류센터도 적자가 심화되고 있었다.

지금의 기획실 內 전략사업팀과 본사 컨테이너사업본부와 부산 지사의 업무 영역으로 내가 맡은 영역은 아니었지만, 때마침 내가 맡고 있었던 삼성테스코 홈플러스(그 당시 사명)가 부산신항에 수출입 유통물동량을 취급할 물류센터를 찾고 있다는 정보를 접하고 소개를 해 주었고 성사까지 시켰다.

우여곡절은 있었지만 그 인연으로 본사 영업본부장이었던 내가 별도법인이었던 동방의 부산물류센터 대표까지 겸직을 하게 되면서, 일주일에 한 번씩은 내려가 영업도 하고 홈플러스의 유통 SCM(Supply chain management)에 맞도록 본사 소속 TPL 직원들이 지원도 많이 해 주면서차츰 안정화가 되었고 흑자 전환하면서 원리금도 꾸준히 갚게 되었다.

우리 물류센터장이 바뀌면서 우여곡절을 겪은 일과 홈플러스의 센터장들이 바뀌면서 변화가 있었던 일들은 때로는 좋은 기억으로 때로는 힘든 기억으로 남아 있지만, 난 단 한 번도 그 물류센터의 예산을 사용하여뭔가를 한 일이 없을 정도로 물류센터의 직원들에게 적자 시절 교훈을 상기시켜 주는 계기가 되었다.

몇 년 뒤 부산 지사장에게 겸직을 물려주고 다시 영업본부장 업무에 전념하던 중 홈플러스가 전체 철수하면서 다시 어려워지게 되자 부산 지사장은 본사 경영회의마다 물류센터의 영업 지원을 호소했다.

그러던 중 내가 LG전자의 정보를 듣고 창원을 내려가서 LG 핵심 관계자들과 논의 후 당시의 이경민 센터장에게(현 이경민 대표) 그 내용을 알려 주니 이 센터장이 초기에 잘 대응하고 가격을 잘 조정해서 유치하게 되었다. 그 후 물류센터는 다시 빠르게 정상화되었고 부산 지사장도 잘 지원하면서, 지금은 두동 물류센터까지 추가 영업이 되면서 회사의 근심을 덜어냄은 물론 희망의 빛도 볼 수 있는 환경이 됨에 따라 나도 큰 보람을 느끼는 사업장 중 하나가 되었다.

〈부산신항 소재 동방 물류센터 외관과 庫內〉

다시 광양, 기적,
올해의 동방인상

 IMF의 위기가 발생한 1997년 10월에 나는 다시 본사 소속의 광양 근무 발령을 받았다. 이유는 지사급 사업조직인 해운사업부가 광양에서 매월 8천만 원 이상 적자가 지속되면서 본사의 해운사업부장과 2갑과장 4호봉이던 나까지 명령이 났다. 연말과 이듬해에는 P사의 코일전용 로로선 (RO-RO) 신조선 두 척이 막바지 건조 중인 상태였다.

 그 발령으로 해양대학 30기 출신으로 동방에 경력직으로 입사하여 잘 근무하시던 부장님은 사표를 내셨고 나는 혼자 광양으로 다시 내려가는 상황이 되었다. P사 광양에는 미리 도움 요청을 하였고, 산물을 싣던 102동방호는 물량을 가진 대리점 사장께 부탁을 하여 매월 몇 항차를 가격을 떠나 부탁을 하니 좋다고 지원을 약속하셨다.

 발령 뒤 나는 영업만 하던 사람이었지만 해운사업부는 지사급 단위라 선박수리비와 선용품, 유류소모 등 비용도 많이 지출되는 부서인지라 관계되는 용역사 사장님들을 전부 초대하여 우리 해운사업부가 안정적인 운영이 되면 다시 원위치해 드릴 테니 각종 납품단가를 1년만 5% 내외로 깎자고 했더니 순수한 뜻을 믿고 응하시는 사장님도 있었지만 크게 반발하시는 사장님도 계셨다.

호응이 안 되는 업체는 물량을 줄이겠다고 하고 잘 운영하여 반드시 원위치해 드리겠다고 몇 번을 약속을 드리니 전부 믿고 청구 단가를 줄여 주셨다. 또한 선장들께는 입항 항계선에 들어오면 제일 먼저 항만당국에 입항신고를 부탁했고(종전에는 항내 들어와 닻(Anchor)을 투묘할 때 신고를 하는 경우도 종종 있었다.) 항만청 선석회의는 담당 직원과 내가 직접 들어가 우리 사선과 용선이 먼저 접안하도록 노력을 기울이니 경쟁사였던 광양선박(나중에 동방이 인수하여 계열사가 됨)과의 경쟁이 치열했다.

또 우리 선박이 접안하면 P사의 물량이 빨리 출하되도록 창고에 뛰어갔고, 하역사에는 직접 사무실에 찾아가 신속한 하역을 밤새도록 부탁하였다. 포항의 해운사업부 직원들에게도 똑같은 주문을 하고 선박이 접안하면 승선하여 선장님과 모든 상황을 공유하며 새벽부터 밤늦게까지 이러기를 한 달을 했다. 드디어 실적이 나왔는데 전체의 우리 사선이 월 기준 각각 1.5항차씩을 더 뛰었고 선원들도 그전에는 먼저 입항해도 광양선박 등 경쟁사보다 늦게 접안했는데 지금은 반대로 우리가 늦게 입항해도 먼저 접안하게 되니 자존심이 살아나서 좋다고 했다.

결론적으로 10월 결산을 하니 5백만 원 흑자가 났다. 적자 월 8천만 원에서 흑자 5백만 원이 한달 만에 났으니 사장님 이하 최고경영층에서는 믿지를 못하셨는데 11월도 그런 노력으로 월 기준 1천만 원의 흑자가 나오자 본사에서는 의심을 하며 점검반을 내려 보내셨다.

도착한 점검반은 당시 이달근 수석을 비롯한 본사 직원들이었는데 내가 9월 대비 10월과 11월의 선박운영 및 비용절감 현황을 표로 설명을 하니 각종 회계기록과 매출 자료들을 살핀 뒤 3일 정도 일정으로 내려온 점검 일정이 만 하루 만에 끝이 날 정도로 명확했다. 여수 돌산대교 부근 횟집에서 소주 한잔 기울이며 서로 수고한단 얘기를 주고받으며 기적은 그렇게 확인되었다. 그때 이후 해운사업부는 내리 10년 이상 적자가 발생한 적이 없는 효자부서가 되었고, 단 1년 만에 용역 업체들의 고통분담도 약속대로 원위치시켜 드렸다.

1997년 말 그룹 종합기획조정실에서는 동방그룹 최고의 상(賞)이며 회장님이 직접 수여하는 '올해의 동방인상'이 일계급 특진과 金 한 냥 메달을 부상으로 추진되고 있었다.

동방에서는 최고경영층에서 제1회 올해의 동방인으로 해운사업부를 맡아 광양까지 내려가 단기에 최고의 성과를 올린 공로로 나를 추천했고, 그룹 종합기획조정실에서 최종 검토 끝에 통과되어 나는 1998년 새해에 동방그룹 첫 올해의 동방인상 수상자가 되는 영광을 안았다. 그 당시 고생했던 해운사업부 소속의 광양, 포항, 서울 직원들과 선상 직원들, 용역업체 관계자, 하역회사, 항만관계자, 화주님들께 진심으로 깊은 감사의 말씀을 드립니다.

쿠팡과의 계약, 새로운 도전

2017년 전후 이커머스 사업으로 이름만 알려졌지 아직은 자리를 잡지 못하고 있던 쿠팡(COUPANG)이 2018년 사업을 점차 확대하면서 당사도 메이저 간선(B to B) 운송사로 발을 담그게 되었다.

얼마간 시험 운영이 되면서 매출이 조금씩 늘어갈 무렵 쿠팡은 정식 계약을 위한 입찰을 발표했고 동방도 짧지만 그동안의 경험을 발판으로 2년+2년의 계약 입찰을 준비하였다. 준비를 진행할 때 사실 회사 내에선 우려의 목소리가 많았다. 1년에 약 1조 원씩 적자 나는 회사와 일을 하다 잘못되면 큰 피해를 입을 수 있는 것을 우려하였다.

나도 실무자들이 있었지만 그 책임은 영업본부장이었던 내게 돌아오는 일이었기 때문에 이것저것 정보 수집이며 검토할 게 많았다. 하지만 향후 유통의 트렌드는 이커머스로 갈 것이 강하게 예상되었기에 작은 손해는 책임을 감수하기로 결심을 하였다.

많은 업체가 참여한 가운데 우리는 결국 2등을 하였고, 쿠팡은 1등을 한 L사와 우선 협상을 진행하게 되었다. 그런데 그즈음 쿠팡의 2018년 실적도 1조 원 이상 적자가 예상된다는 신문 기사가 나왔다. 이런 연유로 우선협상을 진행하던 L사가 우선 협상을 포기한 것이었다.

쿠팡 내부에선 난리가 났고 결국 2등을 한 우리를 불러 계약 참여와 단가 협의를 마무리 짓는 우선 협상을 진행 끝에 우리는 쿠팡과 2+2년의 B to B 간선운송과 밀크런(Milk Run)에 메이저 운송 계약을 체결하게 되었다.

그런 연유로 쿠팡에서는 우리를 많이 좋아하였고, 우리도 업무능력이 뛰어난 직원들을 배치하여 SLA 회의 등에서도 많은 배움을 받았다.

미국 월마트에서도 근무하시다 쿠팡으로 오신 햄 제프슨(한글 名 함재포, 부인이 한국인이라고 하심)께서도 계약 이후 메이저급인 우리를 고맙다고 하셨고, SLA 회의를 동시통역으로 진행하고 메일들을 주고받으면서 미국 쪽 물류기법도 배울 수가 있었고 밖에서는 한국말도 가볍게 하면서 서로 좋은 관계를 유지하였다.

그 무렵 불안한 쿠팡에 손정의가 속한 회사가 2조 원이 넘는 돈을 투자하기로 결정하면서 우리는 계약 초기 불안한 부분이 동시에 해소가 되는 절호의 기회가 된 셈이었다. 아마도 그 발표 후 L사는 땅을 치고 후회 했으리라 짐작이 되었다.

그렇게 참여 후 동방은 직원들도 열심히 하였고 코로나19가 터지면서 쿠팡은 날개를 달았고 우리의 쿠팡 매출도 나날이 성장해 갔다. 2021년 초엔 쿠팡이 간절히 추진해 왔던 미국 뉴욕 증권거래소에 상장이 결정되면

〈쿠팡의 B to C 로켓 배송 차량〉

서 한국 유통시장과 기업들에도 적잖은 영향을 주게 되었고, 2천 원 내외의 동방의 주가도 한때 약 1만 4천 원으로 무려 7배나 오르기도 했다. 이런 것 또한 결단과 앞을 내다보는 시각과 열심히 받쳐 주는 직원들이 없었으면 불가능한 것이었다. 초기 이 업무에 관여한 함 법인장과 유 팀장, 양 차장과 운영의 이 소장, 남 소장 등이 큰 수고를 하였기에 깊은 감사를 드린다.

最多 신설 지사(영업소) 만든 열정의 이야기

나는 동방 창사 이래 신설 지사와 영업소 및 현장 사업장을 최고 많이 만든 영업본부장으로 기록되어 있다. 2006년 1월 초대 TPL 부문장을 맡으면서 그렇게 된 것이긴 했다.

다른 제목에서도 언급할 지사로는 해운 지사와 천안 지사가 대표적이며, 해운 지사는 수익면에서 천안 지사는 매출면에서 최고의 실적을 장기간 올렸던 지사였다. 또 당시 해운도 TPL이 뭔지도 모르던 시절 배워 가며 몸으로 느껴 가면서 참 많이 뛰어 다녔다.

1. 제주 영업소

나와 제주와의 업무 인연은 1996년으로 거슬러 올라간다. 지금은 그리스 선주에게 매각하고 없지만 해운사업부 소속의 제102동방호 (5,200DWT, 일반 화물선)가 강원도에서 시멘트 제품을 톤백으로 싣고 제주항에서 하역을 하는 영업이 되면서 부터였다.

그 이후 몇 항차 하였지만 제주의 시멘트 수요가 오래가지 않았다. 2006년 내가 TPL 부문장을 맡고 지금의 홈플러스 영업이 성사가 되며 우리 상·저온 차들이 RO-RO로 배를 타고 서귀포로 납품하게 되면서 본격적인 제주 영업이 시작되었다.

감귤 영업은 물론 제주의 농수산물 산지 가 보지 않은 곳이 없을 정도였다. 냉동갈치, 수산물, 농산물 가리지 않고 영업을 하던 중 몇 가지가 계약이 되었고 감귤의 장기 계약이 성사되며, 제주 영업소 간판을 걸게 되었으며 2011년 제주 삼다수 입찰이 성사되며 제주 영업소는 최대의 매출 실적을 올리는 시기가 되었다.

제주 남원농협과의 인연으로 남원지역의 수망리와 1사 1촌을 맺기도 하였는데 지금도 그 관계를 잘 유지하고 있다. 내가 동방을 떠나도 제주 영업소는 영원하리란 생각에 그 뿌듯함과 자부심을 느낀다.

2. 삼척 영업소

우리 회사는 일시적 출장이나 파견 업무들이 있기는 했으나 강원도에는 상주하는 조직이 없던 시절 2013년 한국 남부발전의 삼척 화력발전소가 건설을 계획하며 석탄하역을 포함 정비와 운영까지 입찰을 발표했다.

회사는 석탄하역의 경험을 바탕으로 컨소시엄으로 참여하여 시운전 포함 5년간 석탄하역 입찰을 따냄으로써 강원도에 상주조직으로 뿌리를 내리게 된다.

영업본부장 시절 벌크 영업팀에서 열심히 아이디어를 내었고, 우리는 하동과 태안의 비상수단으로 반드시 들어가야 함이 절실했다. 게다가 남부발전이라 놓칠 수가 없었다.

그리하여 강원도 삼척에 뿌리를 내렸고 그 이후 강릉 안인화력에도 우드팰릿 발전소 입찰을 따내어 본사 포워딩팀에서 운영을 맡아 또 상주조직이 하나 더 늘게 되었다. 강원도에 첫 영업소 신설의 깃발을 꽂은 뿌듯함이 살아 있는 사업장이다.

3. 함안 영업소

TPL과 후일 내가 만든 천안 지사에서 홈플러스 목천 물류센터 참여 이후 2008년 홈플러스는 함안에 3온도 신선 물류센터를 만든다.

목천의 상온 물류에 이어 함안의 신선 참여는 유통 분야 TPL 물류의 완성이었고 당사로선 미지의 콜드체인인 신선 물류를 개척하는 상당히 의미가 큰 사건이었다.

극적인 영업으로 공을 들인 끝에 45피트 3온도 냉동 냉장 컨테이너 분야에 참여를 확정하고 나중에는 함안에서 제주까지 신선 물류를 확장한다. 그때만 해도 신선의 차량 번호판은 인허가료가 없어 그 당시 당사가 만든 수십 대의 신선차량으로 후일 번호판값만 십수억 원이 공짜로 생긴 셈이었다.

그런 연유로 천안 지사 소속의 함안 상주 조직이 또 생겼다. 정말 극적인 작전으로 영업을 전개하여 동방의 첫 신선 물류의 깃발을 내린 뿌듯한 사업장이다.

4. 당진 영업소

2000년 초 한보철강을 현대가 입찰로 인수함으로써 현대제철이 탄생하였다.

포스코와 경쟁관계가 되었고 전기로 제철소였지만 고로타입의 제철소로 크게 탈바꿈을 한다.

이에 당사도 포스코 물류사로의 오랜 경험을 바탕으로 영업본부 시절 당진 영업소를 만들어 포항, 광양에서 올라온 화물차량들의 복화 영업은 물론, 서해안 올라온 선박의 복항차도 모색하였으나 조건이 까다로워 그렇게 활성화되진 못하였다.

5. 충주 영업소

충주 영업소는 영업본부 소속이었으나 내가 직접 만든 사업장은 아니지만 영업소장으로 발령 난 소장들이 제대로 활성화를 시키지 못하여 한동안 영업본부 밑에 두고 내가 자주 정상화를 모색하며 뛰어다녔던 情이 많이 든 사업장이다.

우여곡절도 많았고 소장들마다 거래처와의 갈등을 일으켜 화주들과 해소하는 과정에서 좋은 분들도 만나서 더 좋은 관계를 맺었던 사연도 있다. 지금은 천안 지사 소속에 넣어서 관리되는 사업장이고, 내겐 사람과의 관계가 일보다 더 중요함을 일깨운 영업소이다.

6. 진천 사업장

2000년 후반기 TPL과 당진 영업소에서 쌍용자동차의 자동차 범퍼 3PL 물량이 입찰이 나와 당사가 수주하여 운영하게 되었다.

제품대 포함 보관과 JIT(just in time delivery) 운송이 포함되어 매출이 200억 원이 넘게 되면서 천안 지사에 운영을 주고, 당진 영업소를 천안으로 귀속시켜 영업소 직원들로 하여금 운영을 맡겼는데 물류비를 감안하여 보관 기지를 찾은 곳이 진천IC 부근이었다.

그렇게 만들어진 진천 사업장은 3PL로는 배울 점이 많은 곳이라 자주 내려가면서 그 시스템을 배웠는데 후일 쌍용자동차의 주인이 바뀌면서 사업장도 철수하였지만, 내겐 자동차 3PL과 JIT(Just In Time) Delivery 대응 시스템을 배우게 한 사업장이었다.

7. 여주 사업장

2010년 전후 홈플러스가 홈에버를 인수하면서 홈에버가 계약하여 운영하고 있던 여주 센터 운영권을 우리 TPL에서 입찰로 수주하면서 본격적인 3PL 유통 물류센터 운영의 경험을 쌓을 수 있었던 사업장이다.

여주 센터의 약 2년의 경험이 쌓여 후일 오산 센터 입찰 수주는 물론 부산 물류센터 운영과 밀양 센터 Express 물류 운영에 참여하게 되는 등 모태가 되었다.

8. 안성 센터

홈플러스가 목천 센터의 기능을 확대하고 수도권에서도 신선 물류센터의 필요성으로 안성에 대형 상온과 신선 센터를 만들면서, 우리는 양쪽에 모두 참여가 되면서 뿌리를 내리게 된 사업장이다.

홈플러스 주력의 상·저온 유통물류 차량들을 배차 관리로 대응하며 운영하는 일들을 하면서 많은 경험을 축적하게 되었다. 후일 쿠팡 참여 시 안성 지역에 제2사업장도 만들어 시너지를 모색하게 된다.

9. 오산 센터

여주 센터의 경험을 살려 오산 센터 운영권을 입찰 수주하여 년 200억 원이 넘는 매출을 올리며 다양한 센터 운영의 진수를 경험한 곳이다.

오산 센터의 특징은 슈퍼 성격의 Express 점포와 편의점 성격의 홈플러스365 점포 등 Small 포맷 물류 시스템으로, 수많은 점포에 실시간 대응하는 센터이다 보니 정말 배울 게 많은 유통물류의 사관학교 같은 센터였다.

그 당시 배움을 주신 홈플러스 관계자분들과 고생 많이 한 우리 TPL과 천안 지사 직원들께 감사드린다.

10. 밀양 사업장

홈플러스의 남부권 Express센터로서 우리는 오산의 경험으로 입찰에 참여하여 수주하고 지금도 함안으로 옮겨 운영을 하고 있는 사업장이다.

대다수의 우리 동방 직원들은 이런 곳에 우리 사업장이 있는지도 모르는 사업장이겠지만 나는 유치의 주역이었고 출장도 자주 다녔다. 천안 지사 소속의 본사 TPL 영업 관할인 알찬 사업장이었다.

11. 용인 물류센터

용인 센터는 밀크런(milk run)을 적용한 센터로 그 탄생을 이 책에서 별도로 소개한 사업장이며 지금도 잘 운영되고 있는 사업장이다.

＊ 밀크런과 용인 물류센터 탄생 참고.

12. 싱가폴 사무소 개설

2009년 이후 몇 년간 특수사업본부의 핵심 직원이 부장일 때 그 위의 임원이었던 나는 당시 싱가폴의 거점 사무소 개설의 필요성을 보고받고, 사무소 개설을 위한 업무를 지원한 적이 있다.

타국에서의 사무소 개설은 이것저것 검토할 게 많았고 그런 검토 끝에 어렵게 행정절차를 마치고 사무소장 명령과 사택을 구하고 본격적인 업무에 들어갔다.

싱가폴은 영어와 말레이어를 모국어로 사용하는 나라인데 학교에서는 영어를 더 비중 있게 사용하였고 나이 든 사람들 외에 젊은이들은 대부분 영어를 사용하며 특히 비즈니스에서 무조건 영어를 사용하는 아시아권에서 참 특별하며 부러운 도시 국가이다.

싱가폴 영어는 그 발음이 좀 특이해서 "싱글리쉬"라고도 한다. 아침에

TV 방송을 틀면 전 세계 주요 아침 경제뉴스가 쏟아져 나오는 곳이다.

우리나라 대학에서 경제학을 가르치는 교수님들 중에는 주말에는 싱가폴에 거주하면서 전 세계 경제 동향을 파악해서, 주중에는 한국으로 와서 대학에서 전 세계의 생생하고 살아 있는 경제를 가르치는 분도 계신다.

아무튼 그렇게 만들어진 싱가폴 사무소는 3년 정도 운영하면서 회사의 특수 중량물 사업 분야에 많은 역할을 하였다.

13. (부산)동방 물류센터

원래 동방 물류센터는 동방의 TPL과는 관계없이 부산 지사의 4부두가 친수 공간으로 반납이 되면서 신항으로 옮길 때 그 배후에 물류센터의 필요성으로 부산항만공사(BPA)의 입찰 시 수주로 탄생한 별도 법인 사업장이다.

처음에 내가 직접 관여한 곳은 아니었는데, 문제는 우리가 부산신항에 컨소시엄으로 참여를 모색한 부두 운영권을 낙찰받지 못하게 되면서 그 배후 부지의 용도가 애매해져, 어떤 목적과 용도로 물류센터를 건립할지 고민을 하며 내게 문의를 해 와서 인근에 홈플러스 함안 센터를 소개해 준 게 계기가 되었다.

그 후 함안 센터를 참조하여 5천 평의 물류센터가 건립되었고 회사는 부산 지사 주력의 선사 영업이 안 되면서 물량 영업까지 내게 부탁을 해 오게 되었다.

나는 선사가 아닌 홈플러스 글로벌소싱 수입화물 용도의 물류센터 제안을 홈플러스가 채택하였고, 그 물류센터의 대부분을 홈플러스가 사용하게 되면서 회사는 영업본부장이던 내게 동방 물류센터의 대표까지 겸직을 맡기게 된다.

초창기 적자가 누적된 센터를 인수받아 홈플러스 이외 추가 영업도 전개하면서 흑자 전환했고 은행 빚도 조금씩 갚아 나갔다.

물류센터의 직원들도 천안 지사처럼 3PL 영역의 유통보관 물류를 배우게 되었으며 나는 개인적으로 경험해 보지 못했던 컨테이너 분야를 배울 수 있는 계기가 되었다.

별도 법인인 부산의 동방 물류센터를 일주일에 한 번 정도 방문하면서도 소속 직원들에게 원가 의식과 적자 탈피를 위해 한 번도 물류센터의 예산으로 거래처 접대나 돈을 쓴 적이 없었다.

대표를 약 4년 넘게 겸직하고 부산 지사에 넘겨준 뒤 곧 홈플러스가 빠져나가 힘든 시기에도 나는 창원의 LG전자를 직접 나서서 소개하고 유치하였다. 지금은 그 LG전자와 판토스의 물량들로 두동 센터까지 운영하면서 또다시 큰 희망을 주고 있다.

그 당시 업무에 관여한 TPL 및 물류센터 직원들과 BPA, 홈플러스, LG전자와 판토스 및 이용해 주신 화주 등 관계자분들께도 깊은 감사를 드린다.

14. 중국 대련법인의 심양 코일센터 사무소

2010년대 초반 철강 P사의 중국 심양 진출에 따른 우리 회사의 중국 영업 확대차 운영한 사업장이다. STX 조선소 관련 영업과 계열사 심양 동방방직 유한공사의 물류를 중심으로 다양한 중국 내 영업을 하던 대련 법인 산하의 사무소였다.

코일 물류센터 사무소를 개설하여 몇 년간 물류지원 업무를 하였으나 그 이후 크게 확대되지는 못하였다.

15. 인천 쿠팡 사업장

쿠팡에 참여한 뒤 사업이 확대되면서 만든 사업장이 인천 쿠팡센터의 우리 사업장이다. 주로 간선물류(B to B)를 취급하는 사업장으로 매일 1천 대가 넘는 차량을 배차하며 쿠팡 간선물류를 대응하는 곳이다.

오산 센터에서 배차 담당 中 제일 노련하고 경험 많은 직원들 중에 선별한 직원들을 근무케 함으로써 쿠팡 간선물류 서비스 대응이 신속하게 자리 잡는 데 일조하게 되었다. 쿠팡 인천 센터에 관계하신 쿠팡 직원들과 우리 직원들, 협력사 관계자분들께도 감사드린다.

* 울릉도 사업장: 대표가 된 이후 포항 지사에서 을릉도와 우리 영일만 부두를 오가는 화객선을 유치하여, 영일만 부두의 하역과 울릉도 하역 역무를 맡음으로써 울릉도 사업장을 개설하였다. 2021년 10월 24일 울릉도에서 거행한 취항식에 다녀오면서 본격 울릉도 사업이 시작되었다.

POSCO와 한국전력

POSCO와 한국전력은 우리나라의 국가기간산업을 대표하는 기업이다.

난 입사 이후 광양, 포항을 오가며 수출입 항만하역부터 내수공로운송, 연안해송 등의 영업과 원가계산, 물류개선 등의 업무를 맡으며 POSCO를 통해 배운 게 우리 회사에서 배운 것보다 많았다고 사보에 글을 쓴 적도 있었다.

내가 입사하던 당시 POSCO는 포항제철소의 다품종소량생산과 광양제철소의 소품종 다량생산 정책의 일환으로 광양제철소 1기 준공에 막바지 박차를 가하고 있었다. 후일 광양은 마지막으로 5기와 미니밀, 후판공장까지 준공하고서야 성장이 다소 둔화되었다.

한참 성장 시기에 포스코에서 배운 물류원가와 개선노력 덕분에 회사

내에서 나도 많은 성과를 내며 성장할 수 있었다.

한국전력은 회사 내 다른 선배가 맡고 있었던 분야였는데, 2004년 여름 이사보를 달고 내가 다시 서울 본사로 오게 되면서 맡게 된 업무였다.

북한의 경수로 기자재 해송 및 원자력발전소 프로젝트 참여, 후일 5개 발전자회사로 분리되면서부터는 남부발전의 하동본부 석탄하역, 서부발전의 태안본부 석탄하역과 한국수력원자력의 원자력발전소 프로젝트 참여 등이 그 주된 업무였다.

2015년엔 추가로 입찰에 나온 남부발전의 삼척발전소를 내가 맡아 컨소시엄으로 주도하여 참여케 되면서 그 영역이 강원도까지 확대되었다.

발전소 사람들은 공기업이다 보니 우리 항만하역파트에서는 그 추구하는 목표가 일반 사기업과는 달리 안전관리, 작업의 품질향상, 환경관리, 적정재고관리 등 국가기간산업으로서 사명감이 훨씬 더 강조되었고 합리적인 사고가 남달랐다.

원자력발전소 건설과 북한 경수로 참여, 석탄발전소건설과 포항, 광양의 제철소 건설 때 일본에서 도입기자재 중량해송과 육송 등이 한참 이루어지던 우리나라 기간산업 건설 초창기에는 30톤도 중량물이었는데 그런 곳에 참여하면서 선박, 중기, 운송장비 등이 점차 대형화되었고 동방도 더 큰 장비를 사 오게 되고 중량물 물류의 노하우를 안방에서 배우면서 실력을 키워서 이젠 세계시장에서 내로라하는 회사들과 어깨를 견주게 되었다.

그분들과 오랫동안 일할 기회가 주어지면서 좋은 점들을 정말 많이 배운 대표적 회사들이기에 깊은 감사를 드린다.

또한 동방도 그때 배우고 키운 실력으로 중량 물류(해송, 하역, 운송, 설치 등)의 국산화를 앞당겨 국가기간산업의 수출입 물류에 외국물류회사를 대체하게 됨으로 국부유출을 줄이는 역할도 하게 되었다.

〈한국전력 발전자회사의 수입 석탄하역 장면〉

〈POSCO 제품운송 누계 2억 톤 달성 축하 감사패〉

영업본부장 겸 광양 지사장

우리 동방 직원들도 '정말?' 하고 의심을 할 제목일 것으로 추정한다. 2010년 P사는 광양에도 조선용 후판공장을 완성하게 된다. 조선업의 활황에 대응한 결정이었으리라 짐작한다.

그래서 그전에 광양후판 물류 전담회사의 입찰이 준비되고 있었고 많은 물류사들이 참여를 준비하고 있었다.

그 당시 동방 본사에는 철강영업팀(지금의 KAM팀)에 광양에서 올라온 최영관 팀장이 실무를 맡고 있었는데, 사실 포항에서는 우리 동방이 후판 물류 분야에서는 최고 전문 업체였지만 광양 물류업체들은 후판의 경험이 없었기에 포항에 가서 많이 견학을 하고 왔다.

결론적으로 이번 P사의 입찰에 동방을 경험이 부족하다고 점수를 깎는 일은 없을 것이기에 나는 최고 경쟁력 있는 단가만 만들면 승산이 있으므로 내 전결로 과감한 투찰을 지시하였고, 동방은 지역 업체 한 곳과 광폭 전문 한 곳 해서 광양 후판에 참여가 확정되었다.

추정 매출 100억 원이 넘는 큰 물량이 동방 회장님이 한 번 나서지도 않고 경쟁입찰로 수주가 된 큰 사건이었다.

당시 광양 지사는 단번에 매출 300억 원대 지사에서 400억 원대로 올라서게 되었으며, 포항 지사의 복화 차량 실적도 연 10억 원은 되는 좋은 물량이었다.

이로 인해 광양 물류센터가 건립이 되었고 우리는 준비만 잘하면 되었다. 당시 광양 지사장은 포항 지사에서 후판을 취급한 경험 많은 이○○ 지사장이셨는데 본사에서 갈 때마다 준비는 걱정하지 말라고 하면서도 뭔가 믿음이 잘 가지 않았다.

아니나 다를까 2010년 하순에 광양에 첫 후판 물량이 출하되자 제품 품질이 조금 떨어지는 목외 후판이 계획보다 더 출하되면서 동방이 제대로 대응이 미흡하자 P사에서는 동방에 대응을 잘해 달라는 공문을 발송했고, 즉시 회장님께도 보고가 되자 회장님은 출장 다녀온 나를 꾸중을 하시면서 그 날짜로 광양 지사장의 사직서를 받게 지시하고 나를 연말 인사가 있을 때까지 광양 지사를 겸직으로 맡아 사태 수습을 빨리 하라고 하셨다.

사실 이 사태만 아니었으면 본사 영업본부와 철강영업팀은 굉장한 성과로 동방의 P사 매출이 연 1천억 원을 넘기는 대단히 인정받을 사건이었다.

나는 그날로 유래 없는 본사 영업본부장 겸 광양 지사장이 되어 후판 현장으로 달려가 직원들과 아이디어를 도출하고 실천에 옮기며 그 매서운 겨울바람에 새벽 6시 현장에 출근하고 밤 12시까지 후판과 전쟁을 하였다.

모텔에서 와이셔츠 빨아 입어 가며 겨우 잠만 자고 새벽에 나가서 밤늦게 돌아오면 곯아떨어지는 일정들이었다. 본사에 요청하여 교대로 직원들의 검수 요청도 하였고 야드를 새로이 개선하고 MGC 장비도 효율을 모색하며 용차사 사무실도 개선하였다.

현장감독 및 광양 지사의 관리자들도 종전보다 마음을 같이하면서 혁신하도록 분위기를 조성하는 등 갖은 고생을 다하였다. 그러길 약 40여 일이 지나 연말이 되자 많이 안정이 되었고 P사도 만족하기 시작하였으며 드디어 울산에서 듬직한 이해춘 지사장님이 발령이 나서 오게 되면서 나는 인계인수를 하고 그 겸직 임무를 마치고 서울 본사로 복귀할 수 있었다.

지사장 한 명의 생각과 리더십이 얼마나 중요한지 보여 주는 사건이었으며 혁신적인 광양 지사의 관리자들도 시간이 지나면서 많이 무뎌져 왔음을 느끼게 되었다. 그래서 관리자는 스스로 자기 혁신을 꾸준히 해 나가야 한다는 교훈을 얻게 되었다.

암튼 그 당시 같이했던 철강영업팀과 본사의 아낌없는 지원과 추운 겨울바람에 고생하며 지시를 잘 따라 준 광양 지사의 관계자들과 뒤를 잘 맡아 주신 이해춘 지사장님께도 감사의 말씀을 드린다.

포항 지사와 혁신활동

나는 2013년 5월 세 번째 포항 근무 명령을 받았다.

"포항 지사장 전무이사 성경민." 이게 내 명함이 된 것이다.

포항 지사가 2년째 적자가 지속되고 적자폭이 커지면서 연중에 그런 인사명령이 시달된 터라 내가 맡은 임무가 막중했다.

그때는 이미 서울에서 내가 영업본부장 시절 한국남부발전의 강원도 삼척 화력발전소 참여를 확정해 둔 터라 삼척 영업소 창설 준비를 포항 지사에 부여하였기에 강원도까지 담당 구역이 되었다.

포항에 부임하고 보니 직원들이 하고자 하는 의욕도 없고 해도 안 된 다는 패배주의 의식이 저변에 쫙 깔려 있었다. 이것을 어떻게 살려 나갈 지 고민을 하다 나부터 희생키로 하였다. 사택부터 매각하고 회사 가까운 원룸에 둥지를 터고, 새벽에 일어나 안전복장을 확실히 갖추고 영일만 항부터 돌아보고 항만사업부가 있는 포항본항, 제2영업소 돌아서 지사에 오면 아직도 직원들 출근 前인 시각이었다.

그 후 직원들이 출근하면 새벽에 돌아본 사항 중 안전 저해요소와 불합리한 개선 요소들을 지적하고 시정지시를 하는 것으로 아침을 시작하니, 핵심 관리자들은 지시를 받으면서도 며칠 저러다 말겠지 하는 느낌도 받았다.

나중에 느꼈겠지만 내가 다시 서울 발령이 나서 돌아가는 날까지 그런 루틴(routine)은 계속 이어졌다.

이렇게 관리자들이 수동적이어선 안 되겠다는 판단을 하고 그 당시 그래도 포항보단 좀 더 혁신적인 광양 지사에 우리 관리자들을 보내서 눈으로 보고 배우게 해야겠다고 생각하여, 조를 짜서 몇 팀을 보냈는데 그 팀들이 다녀온 뒤로는 나의 지시가 없어도 혁신 T/F팀을 중심으로 하나둘씩 자발적 개선활동을 하기 시작하였다.

이 혁신활동의 근간은 P사의 식스시그마가 그 원천으로 많은 제조 회사들은 P사에 배워서 저변이 확대되고 있었다. 수익을 창출하고 안전을 강조하고가 먼저가 아닌 오직 혁신활동만 강조하였다.

직원들의 패배주의도 조금씩 "하면 된다"로 살아났고 "수동적에서 자발적으로" 바뀌어 갔으며, 사무실 근무하는 숫 직원들도 자발적으로 안전과 혁신복장으로 갈아입었고 노동조합에서도 많이 협조하여 주었다.

어느 날은 직원들이 혁신활동을 하며 재활용하겠다고 쌓아 놓은 자재들만 금액으로 환산하니 수천만 원이 되었고, 나머지 고철이며 안 쓰는 불용품을 되파니 그 금액도 14백만 원이 되었다.

추운 겨울에도 혁신활동은 계속되었으며, 나도 나가서 고생하는 우리 직원들 오뎅을 사 주며 희로애락을 같이한 결과 부임 4개월 만에 적지만 흑자 전환이 되었다. 그 이후 연말까지 계속 흑자도 지속되고 안전사고도 감소하였다. 단지 우리는 혁신활동 하나 열심히 했을 뿐인데 결과는 그랬다.

사실 그 흑자 전환 사건은 회사로는 상징적 의미가 있었던 큰 사건이었고 하면 된다는 동기부여가 되며 모범이 되는 좋은 사례였는데도, 본사의 전체 경영실적과 맞물려 밖으로 부각되지 못하고 안으로 덮이게 되면서, 어느 날 아침 본사에 전화해서 관계자들에게 큰 아쉬움을 피를 토하듯 불만을 쏟고 마무리를 하면서 고생 죽도록 하고 아쉽게만 된 사건이 되었다.

그 당시 포항 지사의 노조 간부 중 몇몇은 내게 포항 지사 역대 제일 부지런하고 열심히 뛰는 지사장이라고 하며 자기들도 기분이 좋아서 같이 동참하고 있다고 하며 자발적으로 지원해 주었다.

다시 그 이듬해는 세월호가 터지면서 가뜩이나 철강 경기가 조선경기 부진 속에 어려운 때이었는데 더 어려워지면서 다시 포항 지사도 어려워져서 나는 제2의 혁신활동을 준비하게 되었다.

내가 다시 서울을 발령 난 이후 그 혁신활동은 인수인계를 했음에도 지사장들의 의지가 약해서인지 계속 잘 이어 가질 못했고 지사는 적자의 늪에서 헤어나질 못하고 있었다.

최근에는 새로이 부임한 지사장의 관심으로 혁신활동이 불을 지피면서 다시 포항 지사가 흑자 전환되고 그 당시의 기운 이상으로 되살아나는 것 같아 반가운 마음이 앞선다.

대개의 지사장들은 흑자를 목표로 하고 안전사고를 줄이고자 열심히 닦달하며 뛰어 보지만 잘 안되는데, 그것은 지사장과 관리자 몇 명이 열심히 할 뿐이라 전체가 다 잘 살아나는 게 아니므로 오래가지 않으며 한계가 분명히 있다.

간단한 논리이지만 혁신활동은 자발적 불쏘시개이며 全 직원이 조금씩 변화되며 동참하게 되는 운동이다. 그러면서 직접 강조하지 않은 경영성과와 소통으로 이어지고 안전사고도 줄어든다.

모쪼록 다시 지펴지고 있는 포항 지사의 혁신활동이 잘 이어 가길 기원하며 지사의 관계자들께도 감사드린다.

〈포항 지사 야드와 철강 코일 물류센터〉

컨림으로 벌크를 개발하다 (펄프 이야기)

2018년 초여름쯤 내가 영업1 본부장 때 우리 컨테이너부서 직원들의 소개로 몇 번 뵌 송상무 님(국보란 물류회사의 영업베테랑으로 퇴직하여 YSL에 계시던 때)이 자기가 잘 아는 분이 울산에서 펄프를 하역할 부두를 찾는다길래, 울산에 알아보니 펄프는 온산에 한국제지와 무림제지가 있는데 이미 전문 하역사가 있다고 하였다.

그런데 다시 여쭈니 틀림없다고 하서서 P&L의 이 전무님을 소개받아 자초지종을 들어 보니, 온산의 태영이 OIL저장 관련 회사에 부두를 매각하게 되어서 연말에는 하역사가 1곳으로 독점이 되니, 가격의 현실화(대폭인상) 요청을 해 와 법적 다툼까지 고려할 상황으로 능력이 되는 다른 하역사를 찾고 있다고 했다.

다시 울산 지사에 상황을 얘기하고 자세히 알아보라고 하니 맞다고 했다. 곧바로 가능성을 타진했지만 우리 부두는 온산과 약 10km 정도 떨어져 있고 보세장치장으로 허가된 면적이 작아서 펄프하역에 한계가 있었지만, P&L 쪽 의견으로는 H제지사에서 "태영을 대체하여 무조건 펄프를 하역할 부두를 찾아오라."라고 한다는 것이었다.

본사 內 이 물량을 담당할 부서(연초 담당 임원과 조직이 분리됨)를 찾아 정보를 주고 개발하라고 하니, 다른 일들로 바빠서 여력이 안 된다고 한다. 해 보지도 않고 포기할 건가? 하는 생각도 들었다. 하지만 연초 분리된 조직으로는 내가 할일도 아니었다.

사장실에 올라가 이런 정보가 있는데 담당부서가 진행할 여력이 안 된다고 하니 내가 컨테이너부서를 동원해서 벌크였던 펄프를 진행해 보겠으니 만약 이게 성공하면, 그 실적을 컨테이너부서 실적으로 기고해 달라는 부탁을 드리자 약속을 하였다.

울산으로 내려가 상황을 파악해 보니 해야 할 일이 한두 가지가 아니었고(부두 전체를 보세장치장으로 허가, 펄프하역 및 보관장구 구입, 선박 수심별 야적장 분리, 실내보관 추가 확보, 보세품 이송, 태영부두 대비 경쟁력 저하, 선사 계약분의 유치 불투명, 해외 Vendor와의 직계약 불투명, 국내 직송 계약의 복잡, 무림제지는 어떻게? 등등), 기존 하역사의 지역 내 반발과 방해도 이해는 되었지만 정도를 넘고 있었다.

팔자에 없는 업무로 고생만 하다 욕만 듣고 끝날 수도 있겠다 싶었다. 하지만 적자지사로 몇 해를 어려웠고 과거 내가 포항 시절에 날 도와주기도 했던 울산 지사에 보답도 하고 싶었고, 만감이 교차하며 서울과 울산, P&L 본사 이 부사장님과 전무님, H제지사의 공장과 본사를 오가며 우리가 할 미션과 컨택트 포인트를 찾아 하나둘씩 조치를 취하고 만날 사람들을 만나고 울산 지사가 준비할 일들은 따로 미션을 주었다.

무림제지의 계약사, 펄프 국내 에이전트들, 펄프선사의 서울 대리점들, 울산 대리점들 다 찾아서 만나 보니 기존의 관계가 보통이 아니었다. 정말 마지막 관문이다 싶은 남미 칠레 아라우코사의 방문에 영어 프리젠테이션과 현장 견학 안내도 통과해야 했다.

필요시 계열사 인프라도 활용해야 했고 공용 부두도 비상수단을 강구를 해야 했으며, 내부적으로는 이 진행을 총괄하던 컨테이너 부서장이 서산 지사장으로 발령이 나면서 고민도 많았으나 내가 한 번 더 뛰기로 단단히 마음먹기도 했다.

내가 약속한 보세장치장 허가도 울산에서 대구 세관으로 허가권이 올라가며 시간이 지연되고 과연 수익사업이 될지도 불투명한 가운데, 가을이 되고 찬바람이 불기 시작하면서 마음과 몸을 지치게 할 무렵 하나둘씩 가시적 성과가 보였다.

때마침 휴직 기간을 마치고 복귀한 정 부장을 내가 받기로 하면서 그동안 고생한 컨팀 소속으로 두되 본연의 업무로 돌려주고 정 부장 전담으로 하면서 20건이 넘는 계약 건을 하나씩 체결해 나갔다.

3개월 시범운용에 2년 계약을 근거로 선사의 1년 계약들, 무림제지 물류사와의 계약, 울산 대리점들과의 계약은 울산 지사에 지시하고, 서울 펄프 대리점들과의 미팅, 하역 및 운송보관 실무점검, 제지사 현장과의 조율 등 많은 일들이 윤곽이 잡히면서 보세장치장 허가도 득하게 되었다.

　그동안 선상통관되었던 펄프도 이젠 그럴 필요 없이 바로 하역을 하였고 하나둘씩 정상화가 되었다. 전부 통틀어 년 매출 50억 원짜리가 2년뿐만 아니라 우리가 잘하기에 따라서는 10년도 가능한 울산 지사의 고정물량이 확정되는 셈이었다.

　난 동종사와도 잘 협조하며 지내라고 당부하고 태영부두의 펄프 제품도 인수인계를 잘 당부하는 지시를 하며, 한동안 본사의 컨테이너 부서의 실적으로 잡아 주면서 사후 관리까지 고객 서비스에 최선을 다했다. 비록 완전한 경상흑자는 아니지만 힘든 울산 지사엔 적잖은 도움이 될 이 펄프물량 개발에 마지막 전무이사의 혼신을 다했다.

　지금 생각해 보니 울산 지사에서 오랫동안 근무하시다 퇴직하신 박태권 부장님이 예전에 펄프 같은 저런 화물이 우리 울산 지사에 고정화물이었으면 좋겠다고 한 적이 있었는데, 그분이 퇴직한 이후에 내가 소원을 풀어 드린 것 같아 뭔가 지각한 느낌은 들었지만 울산 후배들에게는 고정화물을 하나 뿌듯하게 선물한 셈이다.

　동방 65년史에 컨테이너 영업부서가 벌크화물인 펄프를 신규 개발한

역사적 사건으로 기록을 남긴 펄프 이야기였다.

이 펄프와 관련 YSL 송 상무님과 P&L의 이 부사장님, 이 전무님, H제지의 이 팀장님, 선사 관계자님들과 경원의 사장님과 임원님들, 펄프 수입 에이전트님들, 우리 컨부서 직원들과 늦게 합류하여 펄프전문가가 된 정 부장, 울산 지사의 관련 직원들께 진심으로 감사의 말씀을 드립니다.

〈울산항 수입 펄프 양하 하역 장면〉

본사 이전과 변화의 싹

나는 영업본부장(전무이사) 시절부터 그 당시 사장님께 본사 이전을 여러 번 건의를 드렸다. 본사가 임차해서 사용하는 건물에 너무 오래(약 20년) 있었으며 시설도 노후되었고, 오래전 지어진 건물이라 주차장도 너무 협소하여 불편함도 많았다.

그러나 본사 이전은 고려되지 않았고, 2019년 중순 내가 대표가 되면서 다시 한번 본사 이전을 검토하였다. 코로나19 상황에서 회사도 어려워 임차료 비용을 아끼는 것도 고려하고 직원들의 불편함도 줄이고 본사도 이전하면서 변화도 모색하고자 하였다.

그리하여 2020년 말에 멀지않은 지금의 AIA 타워로 20년 만에 이전을 하면서 임차료 절감은 물론 임직원들의 불편함도 많이 해소하고, 변화의 싹도 틔우게 되었다. 즉, 임대료 절감, 주차 시설이 편리한 신축건물, 환경 및 화상회의 시스템, IT인프라 개선 등 3마리 토끼를 다 잡으면서 변화의 싹을 틔운 것까지 덤이 되었던 것이다.

코로나19가 지속되면서 지사와의 만남에 대한 소통이 쉽지 않을 때 이 전한 본사 건물에 도입한 더 업그레이드된 화상회의 시스템이 아니었더 라면 어떻게 되었을까 생각해 보니 아찔하기도 했다. 대개 전문경영인들 을 본인이 대표를 하고 있을 때 이런 본사 이전 등을 잘 추진하지 않는다. 이전 후 잘되면 본전이지만 사업이라도 지지부진하거나 잘 안되면 책임 을 질 수도 있는 부담이 있기 때문일 거다.

그렇게 본사를 이전했고 본사 이전에 헌신해 준 관련 임직원과 총무팀 직원들께 감사드리고 이젠 임직원들과 회사의 모든 일들이 다 잘되길 기 원해 본다.

제3장

에피소드

선녀와 나무꾼

포항에서 교육 근무 후 복귀한 뒤 광양은 지사의 면모를 갖추며 광양 지사 창설로 분주했고, 광양제철소는 1기 준공을 앞두고 분주했다.

이듬해인 1987년 4월 광양제철소 1기 준공식에는 전두환 전 대통령과 박태준 회장 등 거대한 행사가 있었고, 열연코일(Hot coil)들이 수출이며 내수공로로 쏟아져 나오면서 포항에서도 많은 차량들이 서부 경남 인근 에 철제품을 싣고 내려와서 하차한 뒤엔 광양으로 복화를 상차하기 위해 몰려들었다.

난 때마침 포항에서 3개월 교육 근무를 하고 온 터라 포항 지사의 공로 기사들과는 익숙한 상태에서 그들의 복화를 지원하고 배차하며 돕는 일 들을 하게 되었다.

주 6일 근무 시절에 미혼일 때라 토요일 오후 3시 전후엔 일을 마치고

부모님이 계신 고향 진해엘 일주일에 한 번 가는 게 일상이 되었으나 그 당시는 가는 차편이 좋지 않아 일이 늦게 끝나면 못 가는 주일도 발생을 했다.

그즈음 우리 포항 추레라를 타고 서마산 인터체인지에 내리면 걸어서 진해에 가는 버스를 탈 수 있는 정류장을 알게 되었다.

그러나 포항 가는 추레라들이 복화 화물을 상차한 뒤엔 나를 기다려 주지 않으니 번번이 실패하여 고향 진해 한번 다녀오기가 여간 쉽지 않았고 순천 하숙집이나 자취방 부근에서 동네 아이들과 냇가에서 낚시 등으로 일요일을 보냈다.

그러던 중 어느 토요일 오후 포항 가는 추레라 기사님 출발 시간과 내가 마친 시간이 딱 맞아 그 차에 승차하여 서마산에 내린 뒤 진해를 다녀올 수 있었다. 그때 그 기사님이 다음번에 토요일에 진해를 가고 싶을 땐 포항에서 복화차로 광양에 온 마지막 기사의 송장을 주지 말고 가지고 있다가 내가 마칠 시간에 주면서 같이 타고 가면 기사님도 가는 길이니 덜 심심하고 좋을 것 같다고 하여, 그때부턴 맨 마지막 기사님 송장은 나무꾼이 선녀의 날개옷을 숨겨 하늘로 못 올라가게 하듯이 내가 가지고 있다. 빨리 업무를 마무리하고 내어 주면서, 그 차에 같이 타고 남해고속도로를 통해 서마산에 내린 뒤 진해를 조금이나마 편하게 다녀온 선녀의 날개옷 같은 고마운 포항向 송장이었다.

기사님들은 자기가 아직 송장을 못 받았다고 투덜거리며 잠시 애를 태웠지만 그 시간이 그렇게 오래가진 않았다. 왜냐면 내가 나무꾼으로 빨리 나타나 주었기 때문이다.

나는 그 차를 타고 갈 때면 젊은 마음에 꼭 중간에 남강휴게소를 들르게 하였고 그 기사님들께 담배나 우동 한 그릇이라도 대접을 해 드리고 안전운행을 기원하면서 손을 흔들고 하차했던 추억이 있다.

서마산에 내려서 진해를 갈 때면 지금의 동방 창원 지사(그 당시엔 마산 지사) 앞을 지나가는데, 어떤 땐 내려서 마산 지사의 선배님들께 인사도 드리고, 입사 동기들을 만나 외로움도 토로하며 안부도 묻고 갔던 기억이 새롭다. 일이 새롭고 재미도 있었지만 많은 불편함 때문에 힘들었던 시절이었다.

지금 36년이나 지났지만 그때 그 선배 기사님들께 정말 감사드린다.

장비 없이 하화했다, 오버!

입사초창기 동방은 한국전력과 고가의 원자력중량물, 중공업사의 발전소건설 기자재 중량물 등 대형 프로젝트의 중량물들을 수주하면서, '모듈 트레일러(Module trailer, M/T)'라는 특수 중량물 운반 장비로 제한화물 운송신고를 하여 거의 밤에 운송을 하였다.

그 긴 역사 속에 지금은 노하우가 쌓여 우리 중량물 자이언트(Giant) 시리즈의 선박들이 해외를 누비며 단위중량 몇천 톤씩 중량이 나가는 화물들을 취급하지만, 그 당시엔 300톤만 나가는 화물을 운송을 해도 초중량물이던 시절이다. 물론 지금도 300톤 화물의 운송은 중량물로서 진행되고 있다.

어느 날 밤에 중량물 운송을 하던 팀의 운반 도중 노면 불균형 회전 지점에 대형 높이의 화물이 차체가 기우뚱하며 국도 옆의 논두렁으로 넘어지는 사고가 발생한 것이었다. 다행히 인명피해는 없었고 현장에선 밤새

사고 수습을 위해 날이 밝아 오면 작업할 인양장비들을 확인하며 담당자가 무전기로, "여기는 사고 현장 중량화물 하나 장비 없이 하화하였음 오버! 시급히 인양장비의 조치를 바람 오버!"라고 사고 정보와 사태수습을 보고했는데, 그 '장비 없이 하화(下貨)하였음'이란 무전기 보고가 동방 全 지사에 구전으로 회자된 바가 있었다.

그 이후 안전관리 교육 시 동방의 관리자들이 이 이야기를 하면서 앞으론 원가절감도 좋지만 장비 없이 하화하는 일은 절대 없도록 하라고 우스갯스러운 교육을 하였다.

선배님 그 시절 다들 열악한 여건에 고생 많이 하셨습니다. 선배님들의 많은 고생이 있었기에 저희들이 이만큼 더 좋은 환경에서 직장 생활을 하고 있음을 감사히 여깁니다.

어~이 동방

1989년 8월 나는 동방 포항 지사의 3갑 영업1계장 직무대행으로 갑자기 발령이 났다.

광양에선 일 잘한다고 본사까지 소문이 났고 많은 동기들 중에서도 처음이었다. (입사 3년 3개월 만의 일이었으니 그 당시로서는 파격적인 인사였다.)

포항 지사에는 소속 직원도 몇 명 있어 결재를 하는 보직자였다. 작은 광양 지사에서 큰 지사의 보직자로 발령이 나면서 업무에 대한 긴장도 이루 말할 수가 없었다.

몇 해 전 교육 근무로 포항에 3개월 근무를 했기에 생소했던 건 아니었지만 막상 보직자로 온 것이어서 그랬고 그리고 소속 3을 직급 직원들이 동방에서 내로라하는 실력과 경험을 갖춘 고참들이라 더 그랬다.

낮엔 거래처나 사내 보고로 시간을 보냈고 직원들 퇴근 이후 사무실에서 거의 매일 밤 11시까지 서류결재며 검토를 하는 직장 생활이었다.

토요일은 근무 후 오후에는 현장복으로 갈아입고 부두에 야간 지원을 들어가면 본선 검수를 하고 일요일 아침에 퇴근하면 종일 집에서 자고 일요일 저녁에 깨어 목욕하고 저녁 9시 뉴스 본 뒤 자면 월요일 출근하는 그런 일주일이 1년 루틴(routine)이었다.

지금도 비슷하지만 그 당시 일본이나 외국에서는 주말 작업비가 할증으로 굉장히 비싸다 보니 연간 하역요금으로 평준화된 포항항 등에는 꼭 주말에 선박들이 몰려서 입항하였다.

각설하고 나의 낮 업무 중 제일 중요한 업무는 제일 큰 거래처 P사의 본사 계약부서의 계장님과의 일이었는데 그 시절 P사의 그것도 본사 계장님은 물류업체의 지사장이나 최소 부장님 정도를 상대했지 같은 직급의 나 같은 계장은 안중에도 없던 시절이었다.

그렇지만 나는 그분이 중요한 계약(원 단위 원가산정계약 시절)의 키맨이어서 만나 주지도 않을 걸 예상했지만 인사드리고 부딪힐 수밖에 없었다.

첫 방문에 "인사발령으로 광양에서 온 동방의 성경민 계장입니다."라고 인사와 명함을 드렸다. 일이 바빠서인지 놓고 가라는 느낌을 받았고 밑에 직원들도 명함 정도만 교환했지 별다른 업무 얘기는 못했다.

어떻게 돌파하지 생각하다 두들기면 언젠가 열릴 때가 있을 거란 믿음을 가지고 하루에 4번 이상은 방문하기로 했다.

어색했지만 며칠이 지나니 처음엔 앉으라는 의자도 권하지 않던 아래 직원들도 차(茶)도 한 잔 주고 말도 하는 사이가 될 무렵 그 높으신 계장님도 내 얼굴이 익숙해진 듯 힐끔 봐주는 사이는 되었다.

한 달 정도 지났을까 어느 날 아침 그날로는 첫 방문에 아래 직원들과 사무실에서 차 한 잔 하러 움직이는데, 뒤에서 "어~이 동방!" 하는 소리가 들렸다. 뒤를 돌아보니 그분이 저를 보며 한 말이었다.

"네~!" 하고 다가가니, "동방엔 윗사람은 없어요?" 하면서 "하루에 몇 번씩 오는 거요? 무슨 용건이 있길래?" 하면서 말을 걸어 오길래, 한 달 전 새로 인사드리는 것처럼 "동방의 성경민 계장입니다. 광양에서 발령받아 왔고 P사의 원 단위도 조금 공부했습니다."라고 하니, 그분의 관심인지라 놀라는 눈치로 "그래요?" 하면서 차 키를 내밀면서 곧 출장을 가야 하는데 본인이 바쁘니 주차장에 있는 본인 車 세차를 P사 자체 세차 시설에 가서 좀 해 달라는 부탁을 했다.

나는 그것도 고마운 마음에 차키를 받아들고 세차를 해 드리고 돌아서 회사로 돌아오는데 약 한 달 만에 뭔가 소원성취를 한 느낌으로 쾌재를 불렀다.

"어~이 동방!"

내 이름 석 자와 직급보다 더 귀하게 하루에 네 번씩 방문하여 거의 한 달 만에 얻은 그 이름 "어~이 동방.", 그 뒤론 서서히 서로 관심사인 원 단위 원가산정도 얘기하고 자리도 내어 주시고 차(茶)도 주시고 그렇게 동방에는 나를 찾게 되었다.

십여 년 뒤 그분이 P사 광양으로 발령 나 오셨을 때 다들 자기의 대단했던 과거를 알아주지 않아 나름 외로운 날들을 보내던 어느 날, 본인 주재 물류업체 소집 회의 시에 광양에는 여러 번 근무하여 이미 터줏대감이었던 나를 보며 '저기 저 동방의 成 부장은 나를 잘 알지만 내가 왕년에 잘나가던 사람'임을 나를 통해 과시했던 기억이 있다.

후일 그분이 나랑 각자의 회사에서 서울 본사로 발령 나 왔을 때는 물류 관련 많은 일들을 같이 윈윈하며 개선했던 좋은 추억이 있다.

그 "어~이 동방."은 우리 회사 사보에도 내가 기고한 적이 있었다. 그분 사무실 출입한 지 거의 한 달 만에 내 이름과 직함 대신 불러 준 정말 기쁘게 불린 내 이름이었다고.

병어 잡이 유자망

5월부터 서남해안에는 병어가 많이 잡혀서 자연산 횟감, 구이, 무침으로 올라오는 입맛의 계절이다. 이맘때 병어회를 보면 잠시 생각나는 시간에 머무르기도 한다. 2000년대 중반 우리 해운사업부의 배들이 서남해안을 항해하는 일이 많아지면서 위도, 고군산군도 부근을 지나가게 된다.

고군산군도는 서남해안 특성상 섬들이 많아 협수로 항해 시 선장님들은 당일 날씨와 조류, 해상의 변화무쌍한 일기에 촉각을 곤두세우며 해도(海道)에 운항 스케줄을 짠다.

무중(霧中) 항해 때는 유류 소모가 좀 더 되더라도 군도 외곽으로 항해를 한다. 날씨가 좋아 시야가 탁 트인 날들은 연안항해의 특성상 위도, 군도 안쪽 협수로 항해를 결정하고 당직을 철저히 세운다.

한국 연해의 어선들은 고기 잡으러 나갈 때 "화물선 바로 앞을 가로질러 운항하면 당일 고기잡이가 만선을 이룬다."라는 속설이 있다고 한다. 그래서인지 어선이 우리 배 앞을 가로지를 땐 기적을 울려도 모른 척하고 지나가는 어선들이 많아서 선박 브릿지 조타실에는 긴장의 끈을 늦출 수 없다.

한번은 회사로 전화가 와서 동방의 상선이 정식 연안항로이긴 하지만 우리 어장 협수로를 운항하게 되면 병어 잡이가 한창인 이시기에 설치해 둔 유자망을 치고 지나가며 그물이 절단되면서 고기잡이를 망칠 수 있고 선박도 그물에 피해를 볼 수 있다는 연락이었다.

소속 선박 중 그즈음 위도, 고군산군도 협수로를 지나갈 예정인 선박이 있나 확인해 보니 2척 정도는 예상이 되어 유류비도 절감하면서 운항시간도 줄일 수 있는 항로였다. 하지만 해당 지역 어민들의 생계이다 보니 협조하기로 의견을 모아 선박들에도 상기 사실을 알리고 다른 최적의 항로를 선택하도록 교육하였다.

한동안 매년 그런 연락들이 왔고 또 안 오는 해에도 미리 방선하여 해당 항로를 운항할 선박에는 병어 잡이 철에 대한 교육을 하곤 했다. 매년 5월이 되어 우리 식탁에 병어가 올라오면 그 생각들이 주마등처럼 스친다. 병어 잡이 철이 5월인 것도 유자망에 대한 지식도 그때 알게 되었다. 암튼 그 어민들 덕분에 지금도 병어 철엔 맛있는 병어를 맛볼 수 있어 감사드립니다.

※ 유자망(流刺網): 흘림걸그물, 그물을 수면에 수직으로 펼쳐서 조류를 따라 흘려보내면서 물고기가 그물코에 꽂히게 하여 물고기를 잡는 어구, 어법을 말함.

동방21호와 삼치

동방의 해운사업부 창설 초창기에는 철제품이나 산물을 실을 수 있는 3천 톤급 사선박은 유일한 Hold Barge(홀더 바지, 일반 화물선같이 화물창이 있으나 Tug Boat 즉 예인선이 끌어 주는 배)였던 동방21호가 있었다.

한차돌 선장은 예인선 동방5호와 바지선 동방21호 이 한 세트를 운영하는 노련한 베테랑 선장이셨다. 나는 현장 근무 시절 그 배를 타고 광양에서 철제품을 싣고 야간항해에 승선하여 부산 연합철강까지 항해한 경험도 있다.

기본 연안 화물선은 12노트(knots, 시속 약 20km 내외) 정도의 속도로 항해하지만, 바지선은 약 5노트 수준의 항해가 일반적이었다. 본사 소속으로 광양 2번째 근무 시절과 3번째 근무 시절 가을쯤 동방21호가 입항하면 선장이 배에 업무가 있다고 호출을 한다.

실무를 마치고 방선을 하면 이번 항차에 잡은 삼치 회를 맛있게 조리하여 초장에 곁들여 먹고는 냉동한 삼치는 사택에 가서 구워 먹으라고 주신다. 그 삼치를 사택에서 프라이팬에 살짝 구워 먹으면 세상 제일가는 맛이다.

어떻게 잡느냐고 물으니 가을쯤 남해안에는 삼치가 제주수역을 돌아 몰려오는데 어민들이야 그물로 몰아서 잡겠지만 우리 바지선은 화물선이니 그냥 재미로 배가 출항해서 삼치가 있을 만한 수역을 지날 때 선미에 낚싯줄을 여러 개 걸어 두고 미끼를 달아 두면 항해 중인 배에 삼치가 떼로 몰려와서 그 미끼를 덥석 문다고 한다.

그 삼치는 자기보다 앞에 뭔가 달려가면 쫓아가서 덥석 무는 성질이 있는데 그 빠르기가 약 5노트 수준의 바지선(Barge)보다는 빠르다고 하며, 약 12노트로 달리는 우리 일반 화물선보다는 느리니 화물선 선미에 달아 둔 낚시에는 삼치가 잡히질 않는다고 한다.

지금도 살면서 생선반찬으로 삼치 회나 구이가 올라오면 그때 그 시절이 떠올라 가끔 미소를 짓게 된다.

한차돌 선장님과 강 기관장님, 우리 해운사업부의 선장님들과 선원님들 제가 서울 집을 떠나 광양 사택에서 육체적으로나 정신적으로 힘든 시절에 배에서 나눠먹고 열심히 뛰어 다닐 수 있었던 원동력이 된 그 삼치의 맛을 잊지 못하며, 저는 또 선원들께 거칠고 힘든 선상생활을 서로 위로하며 지냈던 그 시절의 노고에 깊이 감사드립니다.

다들 다시 한번 꼭 뵙고 싶습니다.

어~이 박 군

대개의 큰 선박회사들은 선박의 선원들 정년을 만 60세로 하고 있다. 우리 회사도 그랬다. 그런데 우리 회사에서 내외항 선원으로 정년을 마친 분들이 규모가 작은 선박회사로 재취업을 하는 경우가 있다. 그런 작은 회사들은 굳이 정년을 두지 않고 건강상태나 경력을 고려하여 채용한다.

우리 회사에서 정년을 마친 박 모 갑판장이 조금 쉬다 연안선을 운영하는 작은 선박회사에 취직을 하여 가끔 포항, 광양 등에서 접안 작업 시 얼굴을 볼 기회가 있었다. 우리는 현장에서 뵈면 옛날 얘기를 나누며 반갑게 살아가는 화제로 사우로서의 정을 나눌 수 있었다.

한번은 박 모 갑판장이 그 작은 선사에 다닐 때 평소처럼 갑판의 일들을 열심히 보고 있는데, 자기 등 뒤에서 누가 계속 "박 군, 박 군!" 하며 부른다는 것이었다. 그렇지만 어디 선박 외의 일하는 인부나 강취방 또는 쇼링공을 부르는 것이겠지? 하며 평소처럼 하던 일을 계속하고 있었는데, 누가 계속 "박 군, 박 군!" 하며 더 크게 불러서 뒤를 돌아보니, 조타실 브릿지에서 선장님이 자기를 보며 "박 군, 박 군!" 하며 부르는 모습을 보며, "저 말입니까?" 하고 대답을 하니, 그 선장님이 "아니, 여기 자네 말고 누가 있는가?, 왜 그렇게 대답을 안 하는 거야?"라고 역정을 내시는 것이었다.

자기 나이 만 60세도 훌쩍 넘어서 우리 회사에서 고참 대접을 받으며 정년을 하고 나왔는데, 그 작은 회사의 선박에서는 본인의 나이가 중간쯤밖에 안 되는 서열이었다는 것이었다.

자기를 부른 그 선장님은 70세가 넘으신 분이었고 이제 갓 60을 넘겨 입사한 박 갑판장님은 그분 눈에는 박 군이었던 것이었다.

그 이후 그 회사 그 선박에서 박 갑판장님은 박 군으로 불리우는 선원이 되었고, 마음도 박 군처럼 젊은 선원으로 다시 태어난 느낌이라며 박장대소로 다 같이 웃었던 적이 있었다.

박 갑판장님! 아니, 박 군! 젊은 선원으로 더 열심히 사시게…….

〈선박의 항해 조타실〉

회사 옮겨 보는 건 어때?

1990년대 중반 회사의 해운영업 과장일 때 지금의 해양수산부가 종로의 항만청 시절 내가 거의 항만청 출입기자 별명을 얻고 다닐 무렵 자주 다니던 課의 과장님께서 갑자기 나를 보자고 하셨다. 나의 월급이며 직책, 근무 조건을 여쭤시길래 대답을 해 드리니 "회사 한번 옮겨 보는 건 어때?"라고 제의를 하시는 것이었다.

"어디에 무슨 회사냐?"고 여쭤보니, 우리 같은 업종의 동종사에서 선박도 좀 알고 항만청 업무도 하는 나 같은 직원을 경력직으로 소개해 달라는 부탁을 그 회사 오너로부터 받았다는 것이었다. 대우는 우리 회사보다 좀 더 좋은 조건으로 차장 직급을 제안하셨다.

나는 높으신 분의 제의라 즉답을 피하고 며칠 생각해 보겠다고 하고는 매일 출입하던 그 항만청을 며칠 안 갔다. 곰곰이 생각해 보니 그 회사는 그 당시 우리 회사같이 선박사업 분야를 키우려고 우리 회사의 선박 도면과 하는 업무를 배우려고 정보를 한참 수집하는 중이었다.

과장님께서 나를 잘 보셔서 추천해 주신 건 좋았는데, '회사의 입사 동기들과 같이 호흡하며 배우고 성장을 하는 깊은 뿌리가 없어질 것' 같은 생각도 들었고, '지금도 큰 부족함 없이 배우고 익히며 동기부여가 되어 불만 없이 잘 다니고 있는데?' 하는 판단이었다.

며칠 뒤 항만청을 방문하여 과장님께 나의 생각을 천천히 말씀드리니 잘 알겠다고 하시며 더 열심히 하라고 등을 두드려 주셨다. 그 이후 과장님은 나와 더 가까워졌고 종종 항만청 앞 종로의 잘 가시는 단골 중국집에서 짜장면도 사 주시며 내가 잘하고 있는지 체크도 하시고 격려도 아끼지 않으셨다.

시간이 흘러 옆의 課로 옮기셨을 때도 내가 무슨 아이디어를 가지고 가면 긍정적으로 검토하셨고 후임 과장님께도 나를 좋게 소개해 주셨다.

그런 인연으로 1998년 항만청 계획조선 자금으로 회사가 큰 바지선(Barge)과 터그선(Tug boat)을 국내 조선소에서 신조하게 되면서 1999년 바다의 날 행사에 나를 해양수산부 장관상을 주시기도 하였다.

그 후 과장님은 국장님이 되셨고 후임 과장님들과는 계속 좋은 인연을 이어 가며 내가 현장에 근무할 때도 서울을 오면 현장의 따끈따끈한 정보를 듣고는 정책에 반영도 하시고 서로 아이디어를 내고 발전하는 좋은 인연을 계속 이어 가게 되었다.

출입기자(出入記者)

언론사에서는 행정관청에 정보를 수집하여 국민들에게 즉시 알리기 위한 기자들을 해당 관청마다 파견을 한다. 해당 관청에서도 그 파견된 기자들은 출입증을 주고 출입기자실도 만들어 주어 언론 홍보도 한다.

저게 우리가 알고 있는 출입기자이다. 나는 동방에 근무하면서 종로에 있었던 해운항만청에서(지금은 해양수산부가 되었다.) 동방의 출입기자 란 애칭을 얻었다. 본사 해운사업부 소속의 과장일 때 광양에서도 그랬 지만 특히 종로에 있었던 해운항만청 본부에는 많은 정보도 있었다.

그 당시 과장님과 사무관님, 행정주사님들은 민원인이 찾아오면, 해당 민원을 성실히 듣고 상담해 주면서 처리해 주거나 조건이 안 맞으면 반려 해서 보완하게 하는 등의 행정 업무를 하였다. 즉, 민원인도 일이 있어야 방문하는 정도였다.

나는 본사 소속으로 광양과 서울을 오가는 시절이었기에 서울을 오면 사내 결재를 받고 철강회사인 P사도 방문하고 본사에서 가까웠던 해운항만청을 일이 없어도 가서 인사드리고 관련 부서에 무슨 일들이 최근에 이슈인지 알아보는 게 주요 업무였다.

공무원들이라 당장 처리해야 할 민원이 있는 게 아닌지라 그렇게 썩 반기지는 않았지만, 서울에 근무하는 날짜엔 거래처 다녀온 뒤엔 하루에도 몇 번씩 선박과 해운업무 관련하여 그 해운항만청을 들락거리니 높으신 과장님도 얼굴이 익숙해졌고 사무관님과 주사님들도 그랬다.

그러다 점심시간이 되면 같이 가자고 하여 나도 점심을 사거나 얻어먹기도 하면서, 비록 물류업체의 젊은 과장이었지만 해양청의 높으신 과장님들의 얼굴들을 자주 보게 되니 너무 친숙해져서 나중에는 자기 부서 출입기자라고 불러 주었다.

그런 인연으로 해양수산부가 되어서도 지방에 근무하다 본사에 올라오면, 역삼동 시절의 해수부, 충정로 동아일보 빌딩 시절의 해수부, 계동 현대사옥 시절의 해수부, 과천 정부종합청사 시절의 해수부를 줄곧 다니면서, 그들과 내가 최근 꺾었던 현장의 해운업무로 따끈따끈한 정보를 드리고 나도 정보를 받으며 의미 있는 많은 일들을 하였다.

육상 도로교통의 이산화탄소 배출을 대폭 줄이는 후판 로로선의 5년간 항비 80% 감면 혜택을 이끌어 내었고, 내항과의 연말 잔여 계획조선 자금을 회사 TUG & 바지(Barge) 신조에 저리 자금으로 사용하게 되면서 서로 좋았던 일 등등으로, 바다의 날 해양수산부 장관상을 수상하기도 하였다.

지금도 그때의 출입기자 인연으로 알고 지내는 해양수산부의 공무원들이 꽤나 되며 지금도 가끔 도움을 받는 일들이 있다. 출입기자로 대우해 주신 그분들께 진심으로 감사드린다.

〈해양수산부 장관 물류 간담회 직후 기념 촬영〉

동방보다
더 잘되겠습니다

내가 동방을 다니던 중 나와 같은 조직에서 다니다 사직하고 나가서 잘된 직원들도 많고 그렇지 못한 직원들도 많이 있다. 그 잘된 직원들은 지금도 우리 회사와 연관된 일이 발생하면 서로 윈윈하도록 잘 도와주는 모습이 고맙기만 하다.

그렇지 못한 직원들은 우리 업계를 떠났거나 있더라도 연락을 잘 못하고 지내는 친구들이다. 사실 우리 회사가 도울 일이면 긍정적으로 검토해 볼 일인데….

내가 1994년~1997년 본사로 올라와 해운사업부에 근무하던 당시의 일이다. 전문 인력을 영입하자고 주장한 뒤 공채 채용 시에 뽑힌 직원들 중에 한국해양대학을 졸업한 직원이 있었다. 이들 중 한 명(해양대 승선학과 45기)이 몇 년간 잘 근무하며 두각을 나타내던 중 대리승진 시기 전후에 사직서를 가지고 와서 수리를 해 달라고 하여 충격을 받은 적이 있었다.

사직서를 받은 뒤 나는 그 직원을 불러 회사가 뭘 잘못했는지의 물음에 딱히 불만요인은 없는 게 확인되어, "자네는 회사가 필요로 하는 전문직이라 성공할 수 있는 촉망받는 직원인데 왜 사직을 하려고 하는가? 한 번 더 생각해 본 뒤 만일 동방에서보다 더 잘될 자신이 있으면 다시 사직서를 가지고 오게."라고 얘기하고 사직서를 돌려주었다.

며칠 뒤 그 직원이 내게 사직서를 다시 내밀며 "저 고민 많이 해 보았는데, 나가면 동방에서보다 더 잘되겠습니다."라고 하면서 사표를 수리해 달라고 요청하는 것이었다. 그 눈빛이며 마음의 각오가 대단했다. 그 정도 각오면 무슨 일이라도 잘할 친구라 판단하고 내겐 아쉬웠지만 자주 연락하고 동방을 꼭 잊지 말자고 약속을 한 뒤 사직서를 받아들였다.

그로부터 수개월이 지나 그 친구가 내게 해양경찰 간부시험에 합격하였다고 반가운 전화가 왔고 나는 내 일같이 축하해 주었다. 그 후 해양경찰 소속으로 주요한 자리를 옮길 때마다 내게 본인의 기쁨을 알려 주었고, 국무총리실 감사관을 거쳐 청와대 민정수석실 근무 시절에도 나랑은 가끔 만났다.

우리 동방 출신 중에는 입지전적(立志傳的)인 인물이 있는데 그분이 청와대 근무 시절에는 내가 이 친구를 소개해서 옛 동방인으로서 두 사람이 만나게도 해 주었다. 지금은 주요 지역 해경서장을 지내고 또 고위직으로 도약을 위해 열심히 공직생활을 하는 모습에 가슴 뿌듯함을 느낀다. 잘 다니던 직장에서 사직서를 쓰려면 최소한 이 정도 각오는 되어 있어야 한다.

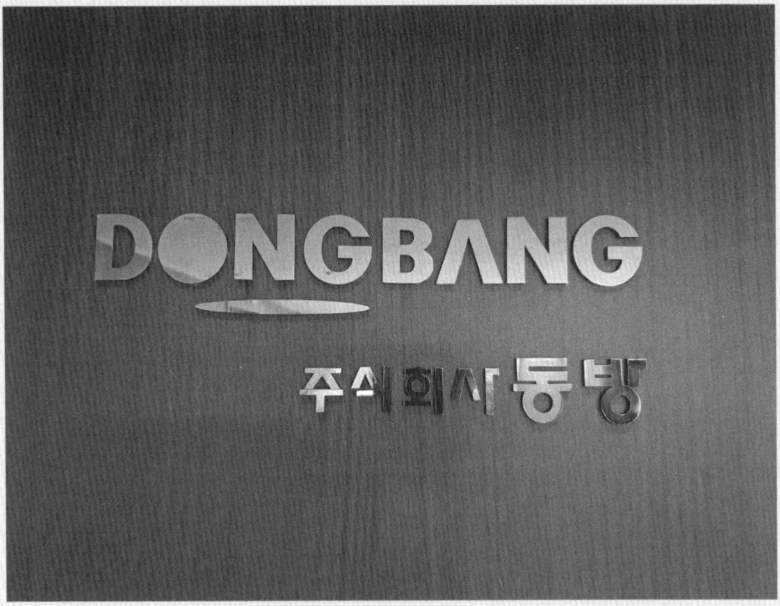
DONGBANG
주식회사 동방

혼네(本音)와
타테마에(建前)

1991년 말 포항에서 종합기획조정실로 발령이 나서 올라왔을 때 일본에 택배시장을 파악하기 위해 출장을 다녀온 게 계기가 되어 일본어를 조금 배우게 되었다.

그 나라의 언어를 배운다는 건 결국 문화도 이해하게 되는 것인데 일본어를 배우면서 일본 역사책도 관심 있게 읽을 수 있었다.

일본인들은 춘추전국 시대를 겪으며 무사 계급이 지배하던 시절 일명 사무라이들은 칼은 항상 차고 다니며, 농민과 일반 서민들을 억누르다 보니 대다수 일본인들은 그 칼에 다치거나 죽지 않기 위해 절대 타인에게 피해를 주지 않으려 하고 혹시 주었을지도 모르는 마음에 길을 가다가 옷깃만 스쳐도, "쓰미마셍(죄송합니다)."을 남발한다.

여기에서 자리 잡았을 거라고 보는 일본인들의 본심(本音, 혼네, 실제 마음, real mind)과 배려(建前, 타테마에, 거짓 마음)에 대해 말해 보려 한다.

실제로 일본인들은 95% 이상을 타테마에로 살아가며, 혼네는 5% 이내로 평소엔 밖으로 잘 드러내지 않는다고 한다. 심지어 부부 사이에서도 황혼 이혼이 많은데 부인들이 삼십여 년이 넘게 꾹 참고 살다 남편이 은퇴하면 본인들의 혼네를 드러내고 이혼 신청을 한다고 한다.

실제로 일본인들과 비즈니스를 할 때 일본 측에서 "검토해 보겠다."라고 하면 한국인들은 자기네 사장님에게 "잘될 것 같습니다."라고 보고를 하는데, 이는 큰 오해이다. 상대에게 직접 피해를 주지 않고 그 자리를 모면하기 위한 타테마에인 것이다.

2002년 한일 월드컵 때 우리의 일본 측 파트너들이 비즈니스 출장으로 내방한 적이 있었다. 저녁 대접을 하는 식당의 TV 화면에 한국과 독일이 준결승전 경기를 하고 있었는데 이미 탈락한 일본은 한국이 못내 부러웠을 것이었다.

우리는 함께 텔레비전 앞에 앉아 한국을 응원했고 일본 파트너들도 한국을 응원해 주었다. 하지만 나는 일본 파트너들의 혼네는 그게 아닐 거라는 생각도 들었다. 한국이 독일에 아깝게 패하자 우리는 정말 아쉬워했는데 일본 파트너들의 얼굴 표정은 조금 달랐던 것을 느낄 수 있었다.

나는 일본인들과 비즈니스를 하면 시작할 때 미리 "오늘 업무 협의는 100% 혼네로 진행하자."라고 노골적으로 얘기하고 시작을 한다. 그러면 일본인들도 깜짝 놀라면서도 뭔가 홀가분한 심정으로 업무 진행이 된다.

독도를 자기네 땅이라고 우기고 일본에서 한국인을 멸시하고 아베 총리가 한국에 자기네들의 몇몇 제품의 수출을 하지 않겠다고 하는 그 마음들이 일본인들의 한국에 대한 정확한 혼네이다.

일본에는 한국을 좋게 보며 이해해 주는 선량한 일본인들도 있다. 하지만 그 혼네를 잘 드러내지 않는 일본인들도 많다는 점을 절대 간과해선 안 된다. 불과 몇백 년 전에 우리의 국토와 선량한 조선 백성들을 유린하고, 백 년 전에는 우리 민족을 식민지로 삼으며 어마어마한 피해를 주고도 진정한 사과는 없는 그들이 아니던가?

배울 점은 반드시 배우되 역사 인식은 제대로 할 필요가 있다.

갑의 극치 다 받아 주다

나는 대기업에서 직장 생활을 하면서도 대부분의 main 업무가 을(乙) 역할인 영업파트에서 일을 하였다. 물론 지사장급이 되면서 지사 경영 전체를 아우르면서 관리파트(경영지원, 인사, 노무, 총무, 회계, 기획 등)의 업무도 경험하였지만, 나의 실무로서의 main 업무는 아니었다.

주로 거래처에 계약체결, 사업제안을 하거나 입찰준비, 견적제출과 상담, 현장에서 일어나는 일들의 VOC(Voice Of Customer) 청취, 기술적 의견 교환, 청구, 정산, 운영, 업무프로세스 수립, 원가계산, 수금, 원가절감 방안 모색 등의 일들이 실무였다.

하지만 그보다 더 중요한 업무는 매뉴얼에 깊이 기술되어 있지도 않은 고객의 응대인데, 자주 고객과 소통하고 방문하고 이런 일 외에 고객접대를 통해 어떻게든 고객의 마음을 사로잡아야 하는 일이다.

고객과 식사는 물론 술 한잔도 하고 선물도 준비하고 또 어떤 까다로운 고객은 의전에도 최선을 다해야 하며, 골프도 같이 쳐야 하고, 어떤 고객은 등산이 취미라 쉬는 날 등산도 같이해 주고, 또 어떤 고객은 댄스가 취미라 댄스 학원에 등록하여 힘들게 배워서 우리 회사에 댄스 잘하는 직원과 같이 응대해 준적도 있었다.

다들 잠들은 새벽에 전화 와서 같이 술 마시자고 불러 나간적도 여러 번 있었고, 경우에 없는 행동으로 그 응석 같은 행동을 다 받아 준 적도 있었다. 심지어 우리 직원이 마음에 안 든다고 바꾸라는 불만도 받았고, 또 우리 직원 중 일부를 조기 승진시키라는 명령 같은 부탁도 들어야 했다.

어디 그뿐인가 모 식당(술집)에 먹고 가니 계산을 대신해 달라는 부탁은 물론 들어주기 힘든 인사 청탁과 리베이트 요구까지 갑의 비위를 상하지 않기 위해 극진으로 최선을 다해야 했다.

아주 예전의 얘기가 대부분이지만 영업활동 중 어떻게 보면 매뉴얼에 자세히 있지도 않은 이런 업무가 더 중요한 일이기도 했다. 그중 일부 갑의 극치는 지금은 전설 같은 에피소드로 남아 있다. 하지만 다 기술하지 못하는 부분을 수없이 겪으며 그래도 내 천직이라 생각하며 직장 생활을 하였다.

요즘 젊은 직장인들과 또한 갑의 부서에서 오랫동안 몸담은 임직원들은 회사가 목적 달성을 하는 미션에서 어떤 일이 주어지면 본인이 상대(甲)의 기분 나쁜 발언에 발끈하여 상대를 결국 설득 못 하고 목적 달성을 못 하는 경우가 있다. 이는 절대 경계해야 할 일이다.

목적 달성이 목표로 주어지면 설사 상대가 바른 언행을 하지 않더라도 일단은 다 들어주고 나를 진정으로 낮추게 되면, 상대가 아무리 우위에 있는 갑이라 하더라도 나중에는 알아봐 주는 법이다.

목적 달성이 먼저이지 내 자존심이 먼저일까? 나를 낮추고 상대를 높여서 목적 달성하면 내 자존심이 상하는 일일까?

거래처 고객과의 일에 또는 광범위의 갑(甲)과의 일에 극단적으로 내 자존심을 최대한 낮추어 목적 달성을 한다고 내가 죽을 일인가? 내 자존심을 살리고 목적 달성을 못 하면 그게 마음 편한 사회생활인가?

내 자존심을 살리고 절개와 약속, 신의를 지키는 일은 조선시대 사육신들이 목숨을 버릴 각오로 단종을 지키고자 할 때나 필요한 격 높은 자존심인 것이다.

지금 그 당시 갑(甲)의 위치에서 나의 의전을 받고 접대를 받으며 극에 달한 요구를 하며 경우에 어긋한 행동을 서슴지 않았던 그분들이 과연 그 극치를 다 받아 주었던 나보다 다 잘되어 있을까? 또 나보다 더 편안한 생활을 할까?

또 나보다 가정이 잘되어 있나? 또한 그분들이 지금의 나를 바보로 바라볼까?

확실히 알 수는 없지만, 하나 분명한 것은 그분들이 지금 나를 바라보면서 나를 낮게 보지는 않는다는 것이며, 또한 나는 쇠똥밭에 굴러도 어떻게든 살아나올 수 있지만 그분들은 단정키 어렵다는 것이다.

세상의 이치는 낮출수록 높아진다는 것이다. 이 얼마나 성공하기 쉬운 논리인가? 낮추기는 어렵고 높이기는 쉽다. 그런데 낮추는 습관만 잘 길들여지면 더 편하고 언젠가 높이 올라간 나를 발견하게 될 것이다. 나의 격 높은 자존심을 살리는 본질과는 다른 문제이다. 나를 낮추어 보자.

의리와 황쏘가리

　어느 해 회사의 영업본부장님과 한강수역의 수력발전을 관리하는 공기업에 방문을 미리 말씀드리고 간 적이 있었다. 사실 본부장님까지 가실일은 아니었지만 모시게 되었다.

　사무실 위치는 팔당댐 부근이었고 당장 업무가 있었던 건 아니었고 그 전에 원자력 발전소 물량을 계약하고 취급할 때 담당하시던 김 모 부장님께서 그쪽으로 발령이 났는데, 어떻게 지내시는지 의리차 내방이었고 회사의 단체 기념품 몇 개를 챙겨서 만나 뵈었다.

　김 부장님 직장 상사는 지역에서 원자력발전 본부장을 하셨던 분이셨고 우리와는 초면이었다. 동방의 본부장이 담당 임원과 온다고 하니 뭔 일인가 물으셨지만 전혀 업무가 있어 온 건 아니고 그 전에 본사 시절 업무를 한 인연으로 의리차 방문이라고 하니, 그 본부장님께서 "김 부장 인생 잘 살았구만." 하시면서 우리를 안내하여 수력현황을 구경시켜 주셨고 식사 예약이 된 식당으로 안내가 되었다.

식당에 가니 수력발전의 관리자들이 몇 분 같이 자리하면서 인사드리고 식사를 했다. 회가 나왔길래 무슨 회냐고 물으니, 식당주인께선 팔당 수역에서 가끔 잡히는 황쏘가리 회라고 설명하였다. 깨끗한 물에만 사는 거니 혹시 디스토마 걱정되면 약을 한 알 먹고 드시도록 안내가 있었고, 내용인즉 김 부장님이 미리 식당에 귀하게 부탁을 해 놓은 듯하였다.

그날은 서로 업무를 떠나 변방까지 내방해 준 데 대한 감사인사와 옛날 이야기도 하면서 그렇게 술도 약간 곁들인 식사와 황쏘가리 회 안주와 민물매운탕으로 화기애애한 시간이 이어졌고 김 부장님은 회사 내에 동료들로부터 부러움의 대상이 되는 분위기가 되었다.

얼마 있지 않아서 부장님은 다시 컴백하였고 한동안 그 일로 더 가까워져서 신규 원자력 발전소등의 업무적이나 업무 외적으로도 서로 많이 통했고 더욱 가까워졌다.

사람과의 관계는 업무적일 때 좋아지는 게 아니라 업무를 떠났을 때 그 진심이 더 깊어지는 업무상 의리를 몸소 느낀 하루였다.

100kg 술고래를
상대하다

갑의 위치에 있는 거래처와 업무를 하다 보면 때로 상대와 술 한잔할 때가 있다. 술을 좋아하는 거래처 분이라면 더욱 그렇다. 요즘은 술 문화가 젊은 세대의 저녁이 있는 삶 등의 사회적 분위기로 많이 줄어드는 추세이지만 내가 한참 영업의 일선에서 뛸 땐 그런 분위기는 아니었다.

거래처 중에 업무도 열심히 하셨지만 술도 잘하시는 분들이 계셨는데 술을 좋아하시는 분들은 대개 술로 친해져야 마음이 통했다. 그런데 나는 술은 그다지 좋아하지는 않지만 업무적으로 피하지는 않았다.

몸무게가 100kg 내외의 거구에 술은 말술로 통하는 각기 다른 거래처 분들이 계셨다. "내 앞의 동방선배는 술을 잘 못해서 별로였는데 새로 담당하신 성 이사님은 술을 좀 하시나?"라고 인사 간 날 물어서 "잘하지는 못하지만 마실 줄은 압니다."라고 하니 언제 날 잡아서 술을 한잔하자고 하신다.

약속이 잡히고 며칠 전부터 저분을 술로는 통하게 해야겠다는 목표가 생겼고 몸무게 65kg이었던 나로선 미리 준비를 좀 하는 수밖에 없었다.

술 안 취하는 방법들 중 내게 맞는 방법을 잘 준비하여 결전(?)장에 가니 양주 두 병을 가지고 나오셔서 이 양주 두 병을 끝까지 맥주를 타서 다 마시자고 제안을 하신다. 그날 그러길 술로만 4차까지 간 뒤 이분이 화장실에서 안 나오셔서 가 보니 자고 계셨다. 나는 술은 취했지만 속으로는 쾌재를 불렀다.

모범택시를 태워 댁으로 보내 드리고 나도 택시를 타고 집으로와 선잠만 자고 아침 7시에 출근해서 한참 업무를 보고 있는데 그분이 출근해서 내게 전화가 와서 "성 이사는 술 좀 하시네. 앞으로 잘 친해 봅시다."라며 좋아하셨다. 난 그날 하루 종일 힘들었지만 그 이후 많은 일들을 소통하며 잘할 수 있었다.

또 다른 거래처의 키 190cm, 몸무게 100kg 내외의 거구께서 내가 술 한 잔하는 것을 알고 어느 날 오후 양사 업무를 조율하다 갑자기 저녁에 술 한잔하자고 제의하였다. 당황했지만 방법이 없어 고기집에 가게 되었는데 고기는 안 나오고 술만 폭탄주로 연거푸 예닐곱 잔을 "위하여!" 해 버리니 나는 안주 한 점 못 하고 화장실 간다고 밖을 나온 뒤 정신을 잃었다.

다음 날 알게 된 사실이지만 동방의 成 이사는 미리 술 약속 잡히면 술을 끝까지 잘 마시니 그걸 알고 갑자기 약속을 잡고 식당에도 안주는 천

천히 준비하라고 일러두고 食前에 폭탄주 세례를 계획한 것이었다.

그러면 65kg인 내가 바로 정신을 잃을 건 뻔한 이치였다. 게다가 상대는 거구에 말술인 분이었으니 준비 안 된 내가 상대가 될 수가 없었다. 그날 얘길 들어 보니 밖을 나와 정신을 잃고 화장실에 들어가서 안으로 문을 걸어 잠근 채 앉아서 자고 있는 나를 문을 따고 깨워서 집에 보내 줬다고 한다.

앞의 사례와는 다른 경우였지만 어쨌든 후자도 그 이후 그분과 더 친밀해져서 많은 일들을 하면서 물류도 개선하고 양사가 윈윈하는 일들을 많이 찾아내었다.

서울생활, 지방생활

약 10여 년 전 근로자의 날에 많은 지사를 포함하여 전 회사 직원들이 경북 칠곡에 있는 공설운동장을 빌려서 체육대회를 하였다. 본사나 수도권 지사들은 서울에서 모여 대절 버스를 이용하거나 개별차량을 이용하였고, 각 지사에도 업무용 차량 또는 개별 차량을 이용하여 속속 도착하였다.

재밌는 프로그램을 만들어 단합된 즐거운 시간을 가질 수 있었는데, 전국 각지에서 모인 우리 직원들의 체육복장이나 가지고 온 차량들을 보면서 내가 느낀 것은 서울 직원들의 생활수준과 지방 직원들의 수준이 많이 다름을 피부로 느낄 수 있었다. 지방에서 온 직원들의 차량은 어느 정도 고급 차량들이었고 서울에서 자가 차량으로 내려온 직원들의 차량들은 거의 국민차 수준이었으며, 입고 온 복장도 지방 직원들은 유명메이커 OUTDOOR SPORTS인 데 비해, 수도권에서 내려온 직원들은 거의 오징어 게임의 남대문시장 체육복 수준이었다.

'무엇이 우리 직원들의 생활수준을 이렇게 만들었을까?'라고 생각해 보니 지방과 서울 직원들의 급여 수준이라기보다는, 서울에서의 삶은 매년 올려 줘야 하는 전세 자금이나 모처럼 어렵게 내 집 마련한 집값으로 인해 은행에 빌린 돈의 이자를 갚느라고 쓸 수 있는 돈의 여유자금이 부족해서가 아닐까 하는 생각에 이르렀다. 그래서 지방에서 올라온 주요 간부들과 나의 느낌을 이야기해 보니 대개 반응이 비슷한 견해였다.

좁은 나라에 살면서도 지방생활과 서울생활이 이렇게 많이 다른데, 후일 저들이 퇴직하였을 때 과연 어느 쪽 삶이 더 윤택하고 마음적으로도 풍요로울까 하며 생각에 잠기곤 하였는데, 그 결론은 지금도 잘 알 수 없는 개개인의 몫이지 않을까 마무리해 본다.

〈고향 모교 종합체육대회에서〉

주민 여러분, 밤새 안녕하셨습니까?

인맥을 잘 활용하면 위기에서도 대접받는 사례를 얘기하고자 한다. 신고리 원전1호기가 한참 건설되던 2007년 어느 날 이야기이다.

우리는 신고리 원자력 발전소 1호기 자재 물류 운송을 담당하게 되어 해송으로 도착하는 메인 자재와 수입되는 자재의 벌크 또는 컨테이너 육상운송을 한참 진행하는 시점에 현장에 파견된 우리 소장이 연락이 왔다.

내용은 이랬다.

신고리 원전 관계자들은 건설 당시 고리 인근 주민들과의 사소한 마찰도 줄이려고 노력을 많이 하고 있던 차였는데, 인근 마을의 이장님이 마을 주민들께 공지사항들을 방송으로 알리는 케이블 선이 어느 날 아침에 보니 끊어져 있어서 방송을 못하게 되었다고 한다. 즉, "주민 여러분, 밤새 안녕하셨습니까?" 그 방송을 못 한 것이다.

조사해 보니, 마을 인입 전기선과 같이 매달아 둔 방송 케이블 선인데 좀 쳐져 있었던지 끊어진 게 확인되었다. 전날 오후와 당일 아침에 지나간 대형트럭을 살펴보니 우리 회사의 40피트 대형컨테이너 트럭 몇 대가 입고 납품차 지나갔다는 것이다.

마을 이장님은 신고리 원전에 문제를 제기 하게 되었고 신고리 원전에서는 이것이 억지 주장인 것을 알았지만 며칠 동안 이 문제에 매달려 겨우 해결한 뒤에 우리 회사에서 영업을 담당했던 나를 현장으로 불렀다.

나는 자초지종을 우리 현장소장으로부터 들은 뒤 내가 만나 볼 원전의 담당 부장님 프로필을 받고는 고민하다 고려대 AMP(최고경영자과정)의 동기분 중에 한전 출신 처장님 생각이 떠올라, "혹시 그 부장님을 아시나요?"라고 했더니 과거에 직속 부하였다는 것이었다.

그래서 사정을 얘기하고 부탁을 드리니 "미리 얘기를 해 둘 테니 다녀와."라고 하시는 것이었다. 그래도 큰 기대는 안 하고 현장에 갔다. 도착하니 우리 현장소장은 물론 그 부장님과 원전의 담당자들이 나오셔서 환영을 해 주었다.

영문을 물으니 내가 부탁한 처장님이 전화하셔서 "동방의 영업 담당 임원이 가면 내 동생이니 잘 대해 줘."라고 단단히 일러두셨단다.

고려대학원 최고경영자과정 시절과 졸업 이후에도 내가 4년간 동기회

모임의 사무총장으로 봉사면서 그 처장님을 큰형님 모시듯하는 마음으로 깍듯이 잘해 드린 덕분에 이번에 첫 부탁을 그렇게 들어주신 것이다.

그 부장님은 내게 "아니 어떻게 하셨길래 처장님께서 그렇게 신신당부를 하시는 건지?" 하고 물으셨다. 저도 사회에 나와서 같이 다닌 학연일 때 형님 모시듯하는 마음으로 가까이 잘해 드렸단 말씀드리면서 의리가 계신 분이라고 추켜 드리니 그건 맞다고 적극 동의를 하시며, 마을 이장 사건은 잊어버리고 원전 건설 현황과 브리핑을 듣고 현장을 돌아보며 우리 회사가 잘하고 있다는 칭찬과 함께 원전 현장 인근에서 하룻밤을 보내며 다들 오지에 와서 고생하는 그분들과 객지의 설움, 고단한 삶과 막중한 임무 수행을 하는 책임감 등을 서로 나눌 수 있었다.

지금도 그때의 일은 어제 같이 새롭다. 사람이 사람을 통해 안다는 것이 이렇게 전화위복으로 와닿은 적이 없는 하나의 사건으로 기억된다.

평소 사람과의 관계 시 매사 최선을 다해 정성껏 마음을 다하다 보면 상대도 나를 알아주고 기억해 준다는 것이며 그런 인맥은 사회생활에서 큰 자산이 된다는 사실이다.

부장 자리 내게 주세요

2013년 중하순 내가 포항 지사장으로 강원도 삼척 영업소 개설까지 맡고 있을 때 우리 포항 지사의 항만사업부에 철제품이 잘못 출하되어 수출 나간 있을 수 없는 사건이 발생을 하였다. 뒤늦게 그런 일이 밝혀지면서 P사는 물론 종합상사도 발칵 뒤집혔고 보험회사에 접보하고, 재발 방지를 위한 약속을 드리러 P사에 우리 항만사업부장과 뛰어다녔다.

P사 보고를 마치고 우리 회사 내부적으로 다시 돌아왔을 때 항만사업부장님은 더 확실한 재발방지 대책을 묻는 내게 자꾸 변명만 얘기하였지 실질적 대책이 나오질 않았다. 그러면 본 사건은 재발이 또 된다는 얘기였고 부장님의 그런 자세가 안전사고와 검수사고가 재발될 수밖에 없는 것이었다.

역대 항만사업부장은 정년퇴직을 하거나 직을 내려놓으면 사직을 했다. 그런데 그 당시 부장님은 정년도 몇 년 남았고 애들도 아직 학업 중이었으

며 포항부두에서는 내로라하는 1급 포맨(Foreman, 본선 작업감독) 출신
이었다. 며칠 뒤 간부들과 의논한 뒤 그 부장님을 내 집무실로 모셨다.

부장님 아직 정년도 남으셨고 애들도 학업 중이니 부장 자리는 내게 주
시고 포맨으로 돌아가서 현장의 후배들 잘 지도 바란다고 부탁을 드렸
다. 부장님도 무거운 짐을 내려놓듯 내게 감사하며 돌아갔고 그 이후 우
리 둘의 약속은 지켜졌다. 동방 역사상 처음으로 부장이 부장직을 내려
놓고 사원업무로 돌아간 인사가 실시되었다.

다음은 장비부 일이다.

포항 장비부는 동방의 OB기사님들과 OB선배들이 운영하는 운송사와
의 일들로 인해 불협화음이 끊이질 않는 부서 중 하나이며, 그중 배차 담
당들은 회사 내에서도 갑의 부서 일을 하는 곳이다. 해서 매일 기사님들
과 고객들에게 친절하게 응대하라고 주문하는 곳인데도 잘 바뀌지 않는
곳이라 내가 장비부장을 호출하여 배차 담당들을 수시로 교체하면 조금
개선될 것이니 그렇게 하라고 지시하자 배차도 노하우가 있어 안 된다고
반발하였다.

그래서 일리가 있을 수도 있다 싶어 그러면 배차팀 내부의 P사 배차와
민수배차 간에라도 바꾸라고 지시하니 반응이 없이 차일피일 미루고 있
었다. 소문처럼 뭔가 OB운송사와의 연결고리가 있는 듯도 보였다. 얼마
안 있어 서울에 다시 올라갈 지사장이라는 생각도 들기도 하여 관리자들

과 의논하니 장비부장님 원래 전공이 경영지원 쪽이라는 말을 듣고 어느 날 내 집무실로 불렀다.

부장님, 그 자리 내게 주시고 경영지원팀장 자리로 다시 가서 정년까지 마지막 역할을 다해 달라고 부탁을 하고 장비부장 인사를 단행하였다. 나도 그분도 정년 때까지 서로의 약속을 지켰고 포항 지사의 배차 담당을 매년 배차 담당끼리 순환시키니 배차도 원활하고 그 이후 큰 불협화음도 발생치 않았고 OB 회사끼리 싸워서 본사에 투서가 올라가는 일도 더 이상 없었다.

그 당시 그 두 부장님의 인사는 동방 창사 이래 최고의 사건이었으며, 팀장 자리를 반납하고 담당으로 자리를 이동한 일들도 있었다. 그랬지만 그들의 장점은 동방에 남아서 살려 주는 것으로 절충을 보게 되면서 그들도 받아들이고 남은기간 최선을 다해 주셨다.

그 이후 포항 지사는 자리에 대한 긴장감은 물론 혁신활동과 젊은 피 수혈로 생기가 돌며 운영이 잘되었다. 그 당시 나의 인사에 자칫 자존심도 상하고 심적으로 힘들었을 그분들께 조직생활을 하다 보니 어쩔 수 없었던 점으로 다시 한번 양해와 죄송했던 마음을 전합니다.

내가 포항에 없음을 현장에 알리지 말라

2013년부터 2014년 말까지 포항 근무 시절 이야기이다. 장비나 부두 현장이 내가 없어도 자발적으로 잘 돌아가야 하는데 초창기엔 내가 포항에 있는지 없는지 눈치를 살피는 것 같았다. 그 당시 포항 지사는 경영적자도 문제였지만 현장에서 안전사고도 끊이지 않았다. 24시간 작업이 이어지는 사업장이 여러 곳인 지사에 기본적인 안전교육만으론 부족한 현장이었다.

그래서 나부터 포항에서 근무하는 동안 현장을 비워선 안 되겠다는 생각을 하고 실천에 들어갔다. 문제는 내가 서울 한양대학교 사이버 대학원 석사과정을 다니고 있던 터라 아주 가끔씩 오프라인 수업이 있었고, 아버지 돌아가신 뒤 어머니가 홀로 진해에 계셨는데 여동생 가족이 따로 살고 있었지만 어머니를 보살피러 다녀가는 요양보호사님들을 여동생이다 해결할 수는 없었다.

1년에 6번 정도 있었던 대학원 오프라인 수업(대개 직장인들이 다녔던 석사과정이어서 사이버로 대부분 진행하되 오프라인 수업을 최소화하여 그나마 평일 퇴근 후 또는 토요일 오후에 진행됨)이 저녁 7시 40분에 있는 날은 이렇게 했다.

점심에 거래처를 만난 뒤 오후에 다시 한번 안전복장으로 영일만항, 제2영업소, 지사의 장비부를 돌아보고 지사의 경영상황 회의를 주재한 뒤 현장에서 퇴근하겠다고 하고 내일 아침도 현장에 있다 오겠다고 한 뒤 포항 본항 항만사업부를 방문한다.

현장에서 오후 5시 30분까지 안전을 점검하고 작업계획을 보고 받고 지사로 돌아간다고 한 뒤 나는 곧장 포항공항으로 달렸다. 그 당시는 KTX가 개통하기 전이었고 포항공항이 부두에서 10분 거리였으며 공항 주차장이 24시간 무료로 개방된 것도 많은 도움이 되었다.

5시 50분 비행기를 타고 김포에 도착하여 옷을 갈아입고 지하철로 이동하면 오후 7시 40분에는 왕십리 한양대학교 대학원 MBA 강의실에 출석할 수 있었는데, 수업을 받으면서도 우리 현장의 직원들은 내가 지사에서 야근 중이거나 사택에 있거나 또 야간순찰이라도 나올 수 있다고 여겼을 것이다. (평일에 야간 순찰을 자주 돌았기에….)

다음 날, 첫 비행기로 포항공항에 도착하여 안전복장을 하고 가까운 부두 현장부터 들리면 부두 관리자들은 그 전날 작업과 특이사항을 보고한다. 아마도 내가 서울에 갔다 온 줄은 아무도 몰랐을 것이다.

그 후 지사에 들어오면 지사의 간부들과 장비부 간부들도 부두를 들러서 오는 줄 알기에 전날 보고를 받고 급한 결재를 한 뒤 거래처 약속을 잡고 또 영일만항과 제2영업소의 현장 순찰과 개선사항들을 현장에서 토의한다.

토요일도 정상근무를 하고 일요일도 오전에 현장을 둘러본 뒤 진해 어머니께 오후에 간다고 요양보호사를 통해 연락을 취해 둔 다음 지사 전체에 일요일 근무 중인 관리자들과 점심을 하고 지사에서 본사 주간 보고사항을 정리한 뒤 각 현장에 일부러 사무실 전화로 한 번 더 작업현황을 체크한 뒤 별일 없으면 사택에 있을 테니 비상상황이 생기면 핸드폰으로 연락하라고 지시한 뒤 진해로 달려간다.

우리 어머니는 내가 간다고 연락을 하면 그 전날부터 기분이 좋아지셨는데 겨울 어느 날에는 손이 어는지도 모르고 대문 밖에서 내가 오도록 기다려서 그 이후론 연락을 하지 않고 다니기도 했다. 좋아하시는 계절 음식으로 저녁을 사 드리고 성당에 일요일 저녁 미사도 같이 보며 집에 와서 안마도 해 드린 뒤 요양보호사 메모장을 확인하고 나도 다녀간 기록과 요구사항을 기록해 두고 여동생이 두고 간 반찬통을 정리한 뒤 어머니를 먼저 주무시게 하였다. 포항 야간 현장에 별일 없는지 확인한 뒤 비로소 알람을 새벽 4시 30분에 맞추고 늦은 잠자리에 든다.

다음 날(월요일) 새벽 5시 어머니 주무시는 것을 확인하고 포항으로 출발해서 6시 40분쯤 부두 현장 교대시간에 도착하면 야간조와 출근하는 주간조를 다 만나 볼 수 있고 밤새 작업한 현황도 듣게 된다. 그래서 포항 관리자들은 지사장이 월 1회 서울 본사 경영회의 참석 시에나 삼척이나 광양 등 출장 외엔 늘 주중은 물론 주말에도 포항에 머무르며 현장과 함께 안전과 작업사항을 챙긴 것으로 알고 지냈다.

이순신 장군이 항상 현장과 함께하며 병사들 훈련을 지도하고 거북선을 만들어 전쟁을 준비하고 난중일기를 쓰시며 "나의 죽음을 적에게 알리지 말라!"며 국가를 수호한 그 감정을 나도 지극히 작은 일이지만 내가 맡은 업무에 한 치의 빈틈이 없도록 항상 현장과 함께하며 근무했던 그 시절이 힘들었지만 이젠 그리운 추억이 되었다.

그때 현장에서 모진 지사장 만나 고생했던 포항 지사의 간부들과 직원들께 깊은 감사를 드린다.

최고의 의전은
윗사람의 마음이 편해야

실무자를 지나 팀장 전후의 상급자가 되면 윗선의 VIP들을 모시고 현장 순시나 골프접대, 외부 행사 등에 시간을 보내게 될 때가 많다. 그때는 실무적인 인정보다 무엇보다 더 중요한 게 의전이다. 사회생활을 하다 보면 실무는 다소 미흡해도 의전을 잘하여 출세한 직장인들이 의외로 많다.

의전을 잘하는 관리자나 책임자 일수록 본인의 업무에도 소홀함이 없이 세심히 잘 챙기는 관리자가 많음도 물론이다. 그만큼 그 위치가 되면 의전을 잘하여야 하는데, 그 중요한 의전을 따로 누가 가르치지 않는다. 자기 소속 부서의 부서장들이 더 위의 상사에게 하는 걸 보는 정도일 뿐이다.

올바른 의전은 윗사람 마음이 흡족하도록 또 편안하도록 세심히 준비하고 대하는 것인데, 아랫사람들이 준비하면서 그 기본을 망각하는 경우가 많다. 또 충분히 잘 준비하고 대비해 둔 상황이 갑자기 현장 진행에 따라 바뀌는 경우도 윗사람의 마음이 불편하도록 해서는 안 된다. 상대도 있는 상황에 의전만 생각하다 보니 과잉 의전이 되어 윗선의 마음이 불편해지면 결국 좋은 의전이 못된다.

내가 해운사업부장(이사보) 시절 중국에서 우리 신조 선박의 진수가 있어 당시 의전을 잘하기로 유명한 거래처의 부사장님을 모신 적이 있다. 그분의 의전을 위해 머무는 호텔방이며 행사의 일정과 동정에 하나의 불편함이 없도록 세심히 준비하고 리허설도 해 보면서 체크를 완벽히 해 두었다.

당시 거래처에는 실장급이 그 VIP를 위해 같이 오셨다. 모든 행사가 순조로웠고 우리 측의 부회장님도 동반자로서 만족하셨다.

그런데 행사 진행이 원활하다 보니 조금 일찍 마치게 되었고, 그 VIP께선 조금 남는 자투리 시간에 중국 노래방에 다 같이 가서 노래나 간단히 한 곡 하며 맥주 한잔 더 하자고 제의를 하면서 미리 준비가 안 된 의전으로 갑자기 바빠졌다.

급히 알아보니 좀 시설이 안 좋은 노래방은 다 같이 들어갈 자리가 바로 있었지만, 그쪽으로 모시긴 의전에 맞지 않았고 조금 시설이 좋은 곳은 전 객실이 다 차서 약 15분 정도 기다려야 했다.

그러자 거래처 실장님은 자기 부사장(VIP)께서 도착하면 기다리지 않도록 조치를 요구하였고, 우리도 최선을 다했지만 타국에서 노래방 사장께 간곡히 부탁을 해도 그 인원이 다 들어갈 시설 좋은 룸은 한 곳밖에 없는데 15분이면 마치니 기다려 달라고 하였다.

곧 VIP와 우리 측 부회장께서 도착하셨고, 노래방 사장께 한 번 더 돈을 주며 사정을 했지만 그 룸에 중국 손님이 일찍 마치지 않으면 대안이 없는 상황에서 거래처 실장님은 노발대발 안절부절하시며 우리를 다그쳤고, 그 상황을 인지한 그 VIP 일행들만 마음이 불편할 뿐이었다.

기본 행사로는 의전에 만족했고, 다만 자투리 시간에 타국의 노래방에서 모든 인민은 평등하다는 중국에서 먼저 온 중국 손님을 쫓아내고 VIP가 대기 없이 노래방 그 룸에 바로 들어가지 못하게 되었다고 같이 간 VIP와 우리 측 사람들이 보는 앞에서 나와 우리의 준비 요원들에게 핀잔을 주는 모습에 VIP의 마음도 불편했다.

다행히 그 룸의 중국 손님들이 우리의 사정이 통하여 5분 남짓 일찍 마쳐 주게 됨으로써 약 10분 정도 기다리다 입장이 되었고, 우리는 다 같이 나름의 분위기를 띄우며 노래와 가벼운 맥주 한잔으로 자투리 시간을 잘 마칠 수 있었지만, 그 실장님으로 비롯된 과잉 의전은 윗선으로도 불편한 마음이 전해졌으리라 보였다.

옥의 티같이 느껴지는 그 일을 끝으로 남은 일정까지 모든 진수식 행사는 우리가 세심하게 준비한 대로 너무나 잘 마쳤고 다시 한국으로 돌아왔다. 그해 연말 그 거래처는 임원 승진인사를 하였는데 그 실장님은 보이질 않았고 원인이야 어쨌든 그분은 그렇게 오래 계시지도 못하고 퇴사하셨다.

영일만항 락카의 컵라면

2013년 포항 지사장 근무 시절 지사의 적자운영을 탈피하기 위해 부단히 뛰어다닐 때 우리 회사가 가진 인프라 중에서 좀 덜 활성화된 사업장이 영일만항 잡화부두였다. 그때 그 부두는 동종사와 컨소시엄으로 수주하여 영일만항 운영주식회사로 운영되고 있었고 영업활동은 두 회사의 영업부에서 주로 하고 있었다.

부두 배후부지가 아직 활성화가 안 되고 있었으며 철강경기가 침체된 시기라 당연히 우리 부두도 활성화하기엔 역부족이었다. 그래서 나는 국내 서해안 쪽에서 물량을 싣고 남동해안에서 추가 물량을 선적하여 美洲로 운항하는 선박들이 많음을 파악하였다.

그래서 그 서해안 선적화물을 우리 영일만항으로 유치하여 남동해안 화물과 동시에 우리 부두에서 선적하면, 미주노선 선사와 우리 부두가 다 좋아지는 전략을 수립하여 화주와 선사들을 만났고 조금씩 결실을 보기 시작하였다.

영일만항 작업을 지원하러 나오는 우리 직원들의 횟수가 많아졌고 점심과 저녁 식사를 위해 차를 타고 식당가 등으로 나와서 한 끼를 해결하는 일들이 직원들에겐 휴식 시간을 빼앗는 아까운 시간이 됨을 알게 되었다.

일부 직원들은 냉장고에 김치를 가져와 넣어 두고 컵라면과 햇반으로 한 끼를 해결하는 게 휴식도 취하며 좀 더 쉴 수 있는 여건이 되었다. 나는 내가 갈 때마다 직원들 점심이든 저녁이든 지원 나온 직원들 격려도 할 겸 한 끼를 식당에서 사 주면서도 뭔가 부족한 생각이 들어 컵라면과 박카스 등을 사 주기로 하였다.

그런데 몇 번 내 개인 지갑에서 사 주기 시작한 컵라면이 인기가 좋아 다른 일을 하러 오신 분들도 우리 컨테이너형 현장 사무실과 대기실에서 같이 나눠 먹는 간식거리가 되기 시작하면서 마파람에 게 눈 감추듯 없어지는 것이었다. 몇 번을 그렇게 해 보니 내 지갑의 사재가 너무 빠르게 줄어드는 걸 느꼈다. 안 하자니 또 야박한 것 같기도 해서 곰곰이 생각을 하게 되었다.

TPL 영업 시절 홈플러스가 주기적으로 빅세일하는 걸 알고 있었던 내가 한번은 홈플러스 포항점장을 만나 사정을 설명한 뒤 컵라면과 햇반과 음료수 등의 빅세일 기간을 알려 달라고 한 뒤 연락이 오면 50% 이상의 세일기간에 내가 지내던 사택에 한 번에 대량으로 구입하여 조금씩 영일만항 우리 직원들 락카에 넣어 두고 왔다. 직원들은 간식 겸 한 끼로도 해결하면서 영일만항 작업의 지원도 한결 부드러워졌다.

시간이 지나면서 일부 우리 직원들도 지사장의 개인 지갑에서 사 주는 컵라면이라는 걸 알고는 가급적 우리 직원들끼리 나눠 먹게 되었고 꼭 필요할 때만 간식 등으로 해결하였다. 나도 중간에 그만둘까도 여러 번 생각이 들었지만 내가 포항 지사장으로 있는 동안은 그렇게 해 보자고 결심하고는 2014년 말 본사로 발령 날 때까지 그렇게 하였다.

그때는 서울 집에도 자주 가지 못하고 진해에는 아프신 홀어머니를 일요일 저녁마다 뵙기 위해 잠시 다니러 가던 시절이면서도 그 마음의 약속은 지켰다. 그러면서 영일만항은 물량이 활성화되었고 많은 작업개선 아이디어 발굴과 항운노조의 협조, 동국S&C와 현대제철의 협조, 우리 직원들의 헌신으로 정상화되기 시작하였다.

후임 지사장들의 영일만항 활성화에 큰 격려의 박수를 보낸다.

혈맹관계가 되다

내가 TPL 부문장으로 한참 영역을 확장하던 2008년 전후의 이야기이
다.

창원에 있는 L사의 대형 물류회사로부터 사업제안을 받았다. "가전제
품을 수송할 11톤~16톤 윙바디(Wing body, 화물트럭의 탑차 중 짐칸의
양쪽 날개를 열어 제품을 편리하게 상하차하는 덮개차)를 최대한 직영차
로 투자할 수 있겠냐?"는 것이었다.

그 당시 TPL 파트에서는 뭐라도 사업이 될 만한 게 있으면 회사에 투자
를 제안했다. 책임진다는 각오로 투자를 이끌어 내었고 회사 최초 직영
위수탁으로 윙바디 사업에 참여를 했다.

그러던 중 화물연대가 본보기를 보여 준다며 L사 창원 공장 출하문을
막으며 시위를 벌이는 사건이 벌어졌는데, 화물연대 가입 기사들은 출하

작업에 투입되지 못하게 되자 L사의 계열 물류사에서는 당사의 윙바디를 긴급 투입할 수 있냐고 물었다.

우리는 직영 차량에 기사만 위수탁 기사였으므로 화물연대에는 가입이 안 된 자차였지만 우리 기사들이 시위에 휘말리거나 자칫 크게 다칠 수도 있는 상황에서 회사의 고민이 많았다. 나는 결정을 해야 될 상황에서 과감히 회사가 책임질 테니 화물연대의 감정을 건드리지 않도록 주의를 당부하며 투입을 결정하였다.

L사의 제품출하 정문에서 집회를 하는 화물연대 기사들은 돌멩이 투척 준비와 각목들을 들고서 시위를 하다 보니, 제품을 수송하던 다른 회사의 차량들은 감히 출하 정문 통과를 시도하지 못하고 관망만 하고 있었다. 우리 차량들은 회사가 책임지겠다는 지시를 받은 터라 출하 정문을 단체로 밀고 들어가니 돌멩이 투척과 각목으로 차량에 많은 손상을 입었다.

그 장소에는 L사의 물류회사 사장님도 비상 상황이어서인지 서울에서 내려와 보고 계셨다. 때마침 우리 기사 한 명이 막아서는 화물연대 기사와 얘기를 나누며 차창 문을 여는 순간 날아오는 돌멩이에 맞아 머리에 피가 흐르며 안으로 들어가자, 화물연대도 움찔하였고 그 사이 정문이 열리면서 대기하고 있던 많은 화물차량들이 출입을 하였다.

며칠 뒤 L사의 공장 근처 공터에 주차한 우리 회사차 한 대가 심야에 원인 모를 화재로 불타서 소실되는 일이 발생하였는데 화물연대의 보복으로 의심이 되는 정황이었다. L사와 그 물류 회사에도 보고가 되었고 L사는 그 이후 물량 출하가 정상화되면서 서울로 다시 올라오신 물류사 사장님께서 우리 회사를 혈맹이라고 치켜세우시며, 우리 사장님과 나를 초청하여 식사를 대접하시며 크게 격려해 주셨다.

또 불에 타 멸실된 차량의 보상에도 지자체 등에 적극적으로 나서 주셔서 보상을 받게 되었다. 시간이 흘러 L사의 물류사는 회사도 사람도 많은 변동이 있었지만 지금도 그때의 혈맹 같은 좋은 인연이 잘 이어지고 있다.

〈혈맹관계가 될 당시의 해당 윙바디 3PL 차량들〉

200원과 650만 弗

싱가폴 사무소가 개설되던 그즈음 우리는 세계시장에서 중량물 견적의 의뢰가 오면 직원들과 의논하며 제출하거나 예산을 산정한다. 그 후 거래처에 알려 주고 본격 입찰에 들어 갈 때는 물량을 수주하기 위해 단위견적과 부대조건을 넣어서 중량물 해송 가격을 제시한다.

대략 단위 해송가격이 우리 자이언츠 시리즈 선박 기준 250만 弗에서 650만 弗짜리 계약도 있다. 물론 전체 프로젝트 수행 견적은 몇천만 弗의 견적이 부대조건과 더불어 나간다.

한편 또 맡고 있었던 TPL 부문의 제주 감귤이 윙바디나 5톤 냉동탑차에 팔레트로 상차되어 육지로 나오는 선박에 로로(RO-RO)로 타고 나와서 대형 유통회사의 물류센터에 납품되는 견적이 나갈 땐 견적 요청 단위가 최저 1.5kg 하우스감귤 한 박스 기준 단가가 나간다.

5톤 탑차~~16톤 윙바디까지 대략 KPP 표준 팔레트(Pallet, 1.1×1.1) 10P/T~16P/T를 상차할 수 있다. 한 팔레트당 9만 원~11만 원선으로 형성되니, 1팔레트당 감귤 10kg 박스는 80개가 실리고, 1.5kg 박스는 400~450개가 실리므로 대략 박스당 200원~250원 정도의 견적이 나간다고 보면 된다.

그래서 나는 어디가면 물류견적으로 200원짜리도 산출하고 650만 弗짜리도 견적을 산출하여 제출한다는 얘기를 한 적도 있었다. 아마도 물류견적을 많이 산출하는 전문가들도 이 정도 가격 차이가 나는 견적을 담당으로 산출하며 제출하는 경험을 해 보기는 쉽지 않으리라고 생각한다.

지금의 우리 중량사업이나 TPL 후배들은 그것보다 훨씬 더 크고 전문가적이며 세밀한 견적을 내면서 회사의 주력 사업으로 키우고 도전하고 있다고 자부한다. 그 두 견적을 담당하는 사업장은 가장 늦게 생겼지만 어느새 우리 회사의 주력 사업 반열에서 일취월장하는 분야이기도 하다.

〈중량제품 선적 후 해외로 출항 준비 중인 자항선〉

겨울엔 알바,
봄엔 굿샷

내가 제주에 한참 영업하러 다니던 때 얻은 아이디어가 하나 있다.

요즘은 제주에 한 달 살기도 하러 다니고, 1년은 살아 봤으면 좋겠다는 인생의 버킷리스트를 가진 분들도 있다. 또 어떤 사람은 정년퇴직하고 일 조금 하면서 즐길 일이 없을까 고민하는 분들도 있다. 내가 좋은 팁을 하나 드리겠다.

제주는 1년에 한 번 10월부터 2월까지 약 5개월 동안 로지 감귤 수확 시기에 항상 인력이 부족하여 외지의 인력을 필요로 한다. 남자들은 감귤 수송과 보관업무, 여자들은 수확과 선별작업 등에 일자리가 부족하다. 그래서 남자들은 차량운전에 전동 지게차 교육을 받으면 감귤 상하 차까지 할 수 있으니 더 일할 곳이 많다.

친구들 몇몇이 단체로 가서 계약하고 5개월 일하거나, 부부가 가서 일

자리를 찾으면 일을 나눠서 할 곳이 정해진다. 대략 월 200~350만 원은 충분히 소득이 생긴다. 단체로 같이 방을 얻거나 부부가 방을 얻어서 생활하면 월세 50만 원 주고도 500만 원은 매월 순소득이 생겨서 식대 등을 공제해도 부부가 월 400만 원은 저축을 할 수가 있다.

겨울 시즌 꾸준히 5개월 일하고 나면 부부에게는 약 2,000만 원의 저축액을 찾을 수 있는데, 제주의 봄은 일찍 오며 기후도 포근해 골프나 낚시와 유채꽃 등 꽃구경 관광과 올레길 걷기에 너무 좋은 계절이다. 부부가 2,000만 원이면 일상생활을 하면서도 굿샷할 수 있는 금액이다. 결코 퇴직금이나 연금을 크게 축내지 않고도 7개월은 즐길 수 있으니 이 얼마나 좋은가?

동의한다면 퇴직 후 한번 도전해 봐도 좋을 것이다.

실제 내가 영업차 다닌 지역농협이나 영농조합 등엔 한창 시절에 고관대작을 지내신 분들과 그 사모님도 작업복을 입고 감귤을 이송하거나 선과장에서 제주의 토박이들과 일을 하고 계셨다. 그리고 봄이 되면 또 고사리 채집하면서 골프장에서 예쁜 옷을 입고 굿샷하신다는 것이었다.

적당히 일도 하고 돈도 벌고 제주 1년 살기도 할 수 있으며, 시즌엔 마음껏 즐길 수도 있으니 1석 4조, 이 얼마나 좋은 환경이며 유익한 생각인가?

VIP 벌써 왔는데 뭐하고 있어?

영업본부장으로 제주에 출장 갔을 때 일이다. 나는 제주 소장을 공항에 나오게 하는 경우도 있지만, 본인들 업무도 바쁘니 가급적 제주에서 차를 렌트해서 직접 운전하며 거래처들을 방문한다.

한번은 제주의 중소기업 사장님께서 협의할 게 있다고 요청하였다. 내 판단엔 시간이 좀 걸릴 듯하여, 제주소장은 회사의 업무를 보게 한 뒤 오후에 만나기로 하고, 나는 공항 근처의 예약한 렌트카 회사에서 소형차를 빌려 제법 큰 마당이 있는 그중소기업의 게이트를 통과해서 사장실을 방문하였다.

그 사장님은 자기 직원을 게이트에 보냈는데 안내를 안 받았냐고 여쭈어서 차로 바로 들어왔다고 하니, 게이트에 보낸 자기 직원에게 전화해서 "본부장님이 벌써 들어오셨는데 뭐하고 있냐?"라고 하니 그 직원은 "본부장님 차가 안 들어왔습니다."라고 확인을 하였다.

나중에 확인해 보니, 내가 자가 운전으로 하얀 소형 렌트카를 타고 게이트를 통과해서 들어오니 그 안내 직원은 검정색 큰 승용차에 운전기사를 대동하여 오는 차를 안내하기 위해 기다렸는데, 그런 차가 통과한 적이 없었으니 그렇게 이해한 것이었다.

나는 그 중소기업 사장님께 우리 제주소장이 바빠서 업무 다 본 뒤 만나기로 했고, 내가 직접 차를 빌려 자가 운전해서 왔다니 "그러면 차라도 큰 승용차를 빌리시지요." 하시길래, "오늘 여러 군데 들를 건데 유류비도 절약할 겸 소형차 그것도 하이브리드로 렌트를 했고 종종 그렇게 합니다."라고 하니, 많이 놀라는 눈치셨다.

종종 우리 동종사의 서울본사 본부장들이 제주를 들러 자기 회사를 오면, 큰 차에 기사나 직원들이 운전하고 별도 차에 수행 직원들도 같이 오곤 하는데, 동방의 본부장님은 뭔가 다르게 보인다고 하시며 차 한잔하면서 업무 협의를 하였다.

그런 뒤에도 몇 번 유사한 일들이 있었는데, 나를 굉장히 좋게 봐주시는 눈치였고, 어느 날 차 한잔하면서 회사의 경비를 누가 보지 않아도 절감하면서 직원들은 자기 일들에 시간을 뺏기지 않도록 배려해 주는 모습이 인상 깊었다고 하시며 좋은 관계를 맺자고 제의해서 후일 여러 가지 일로 협력을 많이 하게 되었다.

지금도 제주에 무슨 일이 있으면 의논하고 협력하며 정보를 교환하는 좋은 사이가 되었다.

제주도와 권당,
중국인과 꽌시

1. 제주도와 권당

제주 영업소 창설은 앞에서 간단히 언급했다. 제주에서 외지인이 영업을 한다는 게 쉽지가 않다. 제주 사람들은 처음 보는 외지인에 대해 극도의 경계심리가 있다. 그런데 제주 토박이들의 면면을 보면 다들 순박하고 순수하다.

외지인들이 그들의 마음의 문을 여는 데는 오랜 시간이 걸린다고 보면 되는데, 만약 그들의 세계로 들어가서 그들과 마음이 통하면 그처럼 가까울 수도 없다.

제주에는 권당 문화라는 게 있다. 친족, 혈족의 의미로 쓰이는 권당은 광범위로는 서로 가깝게 마음을 터고 지내는 아주 가까운 사이의 의미로도 해석된다. 물론 가까운 친인척이야 말할 것도 없겠지만 광범위의 권당이라도 되면 그 이후는 아무리 어려운 문제도 부탁하면 자기 일처럼 꼭 들어주려고 노력한다.

나는 정성껏 마음의 문을 열고 열심히 노크를 한 덕분에 제주에 많은 나의 괸당을 만들어 그들의 도움도 많이 받았다. 브로맨스로 가깝게 발전한 친구도 있고, 아씨야(동생의 방언)로 부르며 지내는 괸당도 있고, 정 사장하면 반갑게 나와 주는 거래처 분도 있다. 물론 그들이 서울에 오면 대신 내가 뛰어나감은 같은 이치이다.

〈제주도에서 나의 괸당 모임〉

2. 중국인과 꽌시

2017년 하반기 갑자기 중국 화객선 관련 비즈니스를 하는 임원이 그만 두게 되면서 그 업무도 내가 담당하게 되었다. 그 업무를 하는 팀이 내 소속이 되었는데, 중국어 통역을 하는 한 명 외엔 아무도 중국어를 못 하는 것이었다.

그러던 중 신규물량 개발을 위해 중국 출장을 갔는데 우리의 사업제안을 하고, 저녁엔 식사와 술 한잔을 하는데 빨리 가까워지기 위해서 중국 방식으로 술을 엄청나게 서로들 많이 마셨다.

그 술자리로 가까워지긴 했지만 뭔가 2% 부족한 것이 '중국어를 술자리에서 만큼이라도 통역 없이 할 수 있어야겠다.'는 생각이었다. 더구나 우리 경쟁사에선 나의 위치에서 뛰는 분이 과거 중국 주재원을 하다 보니 중국어 실력이 상당하다고 듣게 되었다. 중국 출장에서 돌아온 직후 소속 팀장 이하 직원들에게 "그동안 중국어 필요성을 못 느꼈냐?"고 되물으니 아쉬웠지만 통역에만 의존한 것이었다.

나는 우리와 합작이나 일부 지분 참여로 한중간 화객선을 띄우며 우리가 하역 운송을 담당하는 비즈니스도 있었기에 그날부터 중국어 학원에 등록을 하며 딱 1년만 열심히 배우기로 하였다. 평일 아침엔 출근 전에 회사 인근의 이얼싼 중국어 학원에서 두 시간 수업받고 정상 출근, 매주 토요일은 집 근처의 중국어 학원에서 7시간을 배웠다.

회사 업무에 출장 등도 오가며 힘들었지만 딱 1년 배운 뒤 학원에서 자체 시험으로 테스트해 본 중국어 실력이 HSK 4급은 충분하다고 하였다. 30년간 변함없던 몸무게가 3kg이 빠졌다. 그렇지만 그 이후 계약 관련 업무 외엔 술자리나 일반 대화 자리에선 농담도 하면서 굉장히 가까워졌고 중국 파트너들도 그런 노력을 인정하며 서로가 마음이 통했다.

중국인들이 말하는 꽌시가 서로 간에 조금씩 형성되며 우리가 얻을 수 있는 실리도 큰 무리 없이 얻어 내며 업무를 할 수가 있었다. 사실 초창기에는 중국인들과 가까이 한다는 게 상당히 힘들었다. 모든 게 한국과 많이 달랐다. 좋은 사람들도 많았는데 까다롭고 고집 센 분들도 많았기에 그런 분들과의 소통으로 꽌시를 형성하는 게 굉장히 중요했다.

내가 맡기 이전에는 동방과 그들의 관계는 좋은 사람들과만 친한 정도였으니 까다로운 중국 파트너들과는 거의 마음을 여는 대화가 안 되니 업무가 늘 막혀서 제자리걸음이었다. 언어가 통하고 마음으로 진정성이 느껴지니 서로가 식사나 술자리에서 더 가까워지고 업무는 자연스럽게 잘 이해를 하며 장애물이 하나둘씩 제거되면서 해결되기 시작했다.

그렇게 한 번 제대로 된 꽌시만 형성되면 그 이후는 서로의 얼굴만 봐도 소통하는 사이가 된다. 지금은 코로나19로 직접 만나지 못하고 가끔 화상으로 연결되며 인사이동으로 사람들도 바뀌다 보니 또 힘든 시기를 보내고 있지만 다시 또 바뀐 분들과도 마음이 통하는 꽌시가 형성되길 기대해 본다.

※ 꽌시: 우리말의 '관계'와 같은 중국말이다. 중국인의 꽌시 문화라는 게 있는데 굉장히 깊게 자리 잡고 있는 인맥 문화 같은 것이다. 1번에서처럼 제주도의 괸당 문화와 맥을 같이하는 비슷한 개념이라고 봐도 좋을 것 같다.

〈중국 산동성 일조훼리 총경리와 꽌시 형성〉

專務後務(전무후무)

독자(讀者)는 왜 전무후무가 이 前無後無가 아니냐고 의문을 가질 수 있을 것이다.

나는 2010년 말 회사의 연말 임원 인사에서 전무(專務)로 승진하였다. 사실 KOSPI 上場 企業에서 임원 승진만 해도 별 단다고 하는데 전무까지 승승장구로 승진하였으니 대단하다고 생각할 만한 일이었다.

나는 동방그룹 공채 3기로 1986년 5월 집체 교육을 마치고 현업에 배치된 이후 계열사 포함 입사동기 60여 명 中에 나보다 승진이 그 어떤 직급에서도 빠른 친구가 없을 정도로 제때에 또는 발탁으로 승진이 되었다.

나의 체류 직급에서 직급에 걸맞은 괄목할 만한 일들이 성사되었고 인정도 받으며 성장했다. 임원이 된 이후 전무 승진까지도 그랬다. 그런데 전무승진 이후 뭘 꿰뚫고 나갈 돌파구를 찾는 환경이 녹록지 않았다.

2013년 5월 오랜 적자로 힘든 포항 지사의 정상화 임무를 부여받고 발령이 났다. 발령 후 4개월간 갖은 고생 끝에 적자의 탈피와 흑자 전환의 보람을 찾고 연말엔 정말 승진인사까지도 기대할 뻔했다. 하지만 이게 회사 전체 숫자의 정책(?)에 덮여 묻히자 본사를 향해 강한 불만을 토로하며 2014년을 맞게 되었다.

2014년 연말 인사에 나는 갑자기 서울의 호출로 본사 영업본부장으로 다시 오게 되면서 몇 해 동안 나의 역할은 충실히 하였지만, 더 능력 있는 후배 임원이 2017년 말에 먼저 부사장이 되었다. (내겐 입사 이후 처음으로 추월당하는 일, 후배가 더 빠르게 성장한 점은 고무적이었다.)

전무 7년 차즈음 회사에서 컨테이너업무와 계열사를 담당하던 임원이 갑자기 그만두게 되면서 그 업무까지 맡게 되자, 업무가 조금 조정되었고 마음 상한 일도 있었다. 툭 털고 인수인계도 못 받은 채 새로 편입된 컨테이너 업무를 추가로 맡고 초단기에 최대 성과로 끌어올리고 개인적으로 중국어도 열심히 배우면서 중국 파트너들과 유대도 강화했으며, 또 동방 역사상 유래 없는 컨테이너 부서를 동원하여 벌크의 영역인 펄프 화물을 유치하면서 2018년 末이 되었다.

2017년 하반기 내가 컨테이너 업무를 추가로 맡을 무렵 사실 난 이미 전무만 8년 차 하고 있었고 동종업체나 거래처에서도 전무를 너무 오래 하시는 거 아니냐는 농담이 심심찮게 나오게 되었고, 웃고 넘기다 어느 날인가 내년이면 내가 전무 9호봉인데 우리 회사에서는 전무를 9호봉씩이나 달고 뛴 선배가 없는데(왜냐면 전무 승진할 때가 대부분 50대 후반이라 9호봉 갈 시간도 없이 퇴직하거나 승진하거나 하므로), 난 그들보다 훨씬 젊을 때 전무가 되었기에 9호봉도 달 수 있는 前無後無한 專務가 될 수도 있으니 내년에도 내가 전무를 하고 있으면 이젠 후무라 불러 달라고 농담반 진담반 얘기하게 되었다. 자주 만나던 동종사 임원들이나 거래처에서도 그 이후 농담으로 후무님으로 불러 주기도 하였다.

그래서 2018년 成後務로 불리던 시절 컨테이너 분야의 호실적과 쿠팡 물류에 참여하고 그리고 직접 지휘하며 뛴 대형 장기계약 신규 물량까지 끝내 수주가 되면서, 연말 임원 인사에서 나의 실적 등이 고려되어 부사장 승진이 되었다.

전무 승진 후 만 8년 만의 일이었고 후무로 불린 지 1년 만에 그런 인사가 났고 나를 후무로 부르던 사람들은 자기들이 後務로 호칭한 덕분에 승진한 거라며 축하의 생색을 내기도 했다. 내가 부사장 승진이 되면서 자연스럽게 마무리되었지만 이게 아는 사람들만 아는 나의 '專務後務' 스토리가 되었다.

지금이야 그때도 그립고 고마운 이야기이다.

제4장

젊은 직장인들을 위하여

잘될 사람은 떡잎부터 다를까? | 회고록을 남길 생각으로 | 갑과 을, 乙로 도전해 보라 | 브레인 스토밍을 적극 활용하자 | 모든 성과를 계수화하라, 계수화가 되지 않는 것은 성과가 아니다 | 맡으면 최선을 다하라 | 王들만 歷史에 기록되는 건 아니다 | 우편배달부가 되라(소총 자주 쏴라) | 실패에서 배우고 좋은 대안을 찾으라 | 반드시 현장에서 답을 찾는다 | 최악의 경우에 임하라, 이 또한 지나가리라 | 질문하거나 대화하는 상대와 교감하자 | 희망을 가지고 즐기면서 성장하라 | 物流人이라면 SCM과 선박적화법은 읽어야 | 직원들 대동을 자제해 보라 | 해군 참모총장 | 자격증과 자기계발 | 프로야구 선수만 프로가 아니다 | 평생사람 기록해 보자 | 자소서와 면접에서 A를 받는 요령 | 재테크와 주식 이야기 | 부동산과 재테크 | 기회는 남들이 포기한 곳에 | 베스트, ＢＥＳＴ가 되라 | 워라밸과 직장 생활 | Level-headed person | 식지 않는 열정으로 불태우라 | 이런 立志傳的 인물도 있다 | 죽도록 안 풀리면 개명(改名)해 보라 | 임원이 최종 목표인가?

잘될 사람은
떡잎부터 다를까?

　신입사원을 면접에서 채용하거나 꼭 필요한 분야의 경력직을 면접에서 뽑거나 모두 회사의 필요한 인재라 판단하여 같은 구성원이 된다. 출발점이 같은 조건이라면 같을 것이다. 그런데 세월이 지나면 같은 입사 동기라도 승진 시기가 다르거나 이직 등으로 처한 위치가 다 다르다.

　그러면 잘된 직원과 좀 뒤처진 직원을 비교해 봤을 때 잘될 직원은 떡잎부터 다를까? 결론적으로 말하면 떡잎부터 다른 직원은 없다. 굳이 있다면 로열패밀리? 그러면 어떤 자세로 잘될 사람이 되어야 하는가?

　회사의 목적과 본인의 목적에 맞는 일을 잘하면 된다. 즉 로열패밀리같이 주인의식을 가지되 전문가로서의 경험과 지식을 쌓고 자신감 있게 성취해 나가면 된다. 회사가 필요한 곳에서 필요한 일에 최선을 다하고 그런 경험을 바탕으로 부족한 지식은 배우고 또 본인의 영역과 능력을 확장하면서, 책임감과 추진력을 가지고 능동적으로 업무를 처리해 나가면 승승장구하리라 믿는다.

부족한 부분을 덮으며 배우지 않고, 본인의 업무 영역을 확장하지 못하고, 나날이 바뀌는 경제사회의 환경(AI, 메타버스 등)에 대한 공부도 소홀히 하며, 책임감도 없고, 추진력도 약하고 소극적이면, 아무리 좋은 학력과 스펙으로 같이 출발했더라도 뒤쳐질 수밖에 없는 것이다.

성 경 민

회고록을 남길 생각으로

한 사람이 자신의 사회적 일생을 마칠 무렵 뒤돌아보며 본인의 일대기를 회고하며 전기 형식을 빌려 본인 또는 타인에게 대신 쓰게 하는 책을 일명 회고록 또는 자서전이라 한다. 한 사람이 태어나 과연 회고록을 남기는 인물이 몇이나 될까?

한 사람이 사회생활을 시작하며 "나는 내가 사회생활을 마치면 나의 자서전을 써야지." 하는 마음으로 출발한다면, 본인도 더 노력하고 최선을 다하고 모범이 되며 좌절할 일이 생겨도 용기를 가지고 더 충실한 인생을 살지 않을까 생각해 본다.

나도 고등학교를 막 졸업하는 1979년 1월부터 일기를 쓰면서, "나중에 대학을 마치고 사회생활을 다 마치고 퇴직을 하면 그때까지 쓴 일기를 바탕으로 꼭 나의 회고록을 써야지." 하는 마음으로 일기도 안 빠지고 계속 관리하였고, 자서전을 쓴다는 생각에 많은 노력도 하면서 사회생활을 해 왔다고 자부하게 된다.

독자들도 대학생이든 직장인이든 자영업으로 출발하든 후일 내 자서
전을 쓴다는 마음으로 사회생활을 출발한다면, 좀 더 노력하고 힘들 때도
좌절치 않고 용기를 내며 끝까지 인내를 가지고 좋은 인생을 살지 않을까
생각해 본다.

〈고향 진해 중앙성당 첫 세례식 직후 기념촬영〉

갑과 을,
乙로 도전해 보라

갑돌이와 갑순이는 한마을에 살았더래요~~

노래가사가 떠오른다. 난 사회에 나와서 또 다른 '甲과 乙'을 알게 되었다. 계약서에 요즘은 다른 용어를 사용하지만, 그 당시는 무조건 위탁하는 회사는 '갑'이고 위탁받아 수행하는 회사는 '을'이다.

을은 갑에게 용역을 받기 위해 부단히 영업을 해야 한다. 공정한 입찰도 있지만 기술제안 등을 해서 수의계약도 공존했다. 갑의 위치에 있는 회사는 대개 대기업이며 대졸 신입사원들이 선호하는 기업이다. 대기업에서 갑의 위치에 있으면 폼도 나며 직장 생활이 안정적이기 때문이리라.

또한 회사 내에서도 갑의 위치에 있는 부서와 을의 위치에 있는 부서가 있다. 갑의 부서 직장인들은, 특별히 엔지니어로서나 연구직으로 자질을 발휘하는 부서나 개인이 아니라면, 승진 때 경쟁도 치열하지만 그 성과를 측정해서 판단하기도 쉽지 않다.

그런데 보통 일반 직장인들이 잘 선호하지 않는 회사 내 乙의 부서는 주로 마케팅이나 기술영업, 일반영업, 소비자판촉, 미지의 시장개척, 갑의 물량을 수주해 오는 부서 등이 해당된다. 이런 부서는 비록 乙의 위치이지만 본인의 성과가 확실히 판가름 나서 두각을 나타내기가 더 쉽다.

나는 전문직이 아닌 일반 직장인이라면 그리고 빠르게 확실히 성공하고 싶으면 그런 乙의 부서를 지원하여 열정을 불태워 보라고 권하고 싶다. 개인적으로 보면 乙의 부서에서 거친 산업계의 일선에서 일하는 직원들은 정신적 수양과 배려심이 뛰어날뿐더러 회사 밖으로 나와서도 일반적으로 甲의 위치에서 일한 직장인보다 더 갈 곳이 많다.

물론 甲의 위치에서 실력을 바탕으로 성과를 크게 내거나, 또는 乙의 위치에서 적성이 안 맞아서 성과를 못 내거나 하는 직장인들도 많다. 나는 일반적인 직장인이 성공을 바라고 표시 나는 성과를 내며 한번 제대로 도전해 보고 싶다면 乙 회사 또는 회사 내 乙 부서에서 크게 한번 일을 해보라고 권하고 싶다.

제대로 乙이 되면 배려심도 커지고 상대의 입장에서 헤아림도 커지며 업무에도 원원을 우선적으로 고려하게 되고 인격수양도 잘되어서 세상살이에도 큰 도움이 될 수 있음은 추가로 얻어지는 인생의 보너스가 될 것이다.

물론 그보다 더 중요한 것은, 甲도 좋고 乙도 좋지만 언제 어디서나 없어서는 안 될 꼭 필요한 사람이 돼라고 강조하고 싶다.

〈컨네이너 선박의 화물 적재후 고박 장면〉

브레인 스토밍을
적극 활용하자

나는 1990년대 중반 기업에 서서히 불어닥친 기업의 업종별 사업의 재편과 위기의식을 돌파하기 위한 혁신활동의 일환으로 직장인의 창의력을 이끌어 내는 교육강사의 자격부여 프로그램에 차출되어 강원도 낙산 비치호텔에서 10일간 한국능률협회가 주관하는 강사자격 교육을 이수하고 시험을 통과하여 CTC(Creative Thinking Course, 창의력 개발과정)강사가 되었다.

물론 직장 생활을 하며 외부강사로서의 활동보다는 주로 외부강사가 우리 회사의 교육프로그램에 초빙되어 하던 강의를 대신하는 사내강사로서의 활동이 주된 업무였다. 나는 그 창의력 개발과정 강의과정 중에서도 브레인스토밍(Brain Storming) 부문은 사내 최고의 강사로 평가받았던 적이 있었다.

외부강사 1명과 사내강사 3명이 중간관리자 이수 교육에서 비슷한 강의를 하루 종일 진행을 하고 학생들의 강사 평가를 점수로 받아 집계를 내었다. 회사 주관부서에서 강사 평가 집계 발표를 안 해서 의아했다. 나중에 안 사실이지만 제일 막내 강사였던 내가 점수가 평균 95점 이상으로 전문강사나 사내강사 선배보다 높아서 발표를 못한 사실이 뒤늦게 밝혀졌던 것이었다.

아무튼 그 이후로도 몇 년간 나는 그 과정의 사내강사로 활동했고, 피교육생들로부터 호평을 받았으며, 특히 브레인스토밍은 업무 시에도 많이 활용하여 직원들의 소통을 넓힘은 물론 다양한 아이디어 도출로 거래처 업무 제안 시에 폭넓게 활용하였다. 회사(조직)와 구성원은 생존 발전을 위한 혁신활동을 지속적으로 전개해 나가야 하는데, 조직 구성원들의 자발적 창의력을 불러일으키도록 끊임없이 노력해야 한다.

※ 브레인스토밍(Brain Storming): 일정한 테마에 관하여 회의 형식을 채택하고, 구성원의 자유 발언을 통한 아이디어의 제시를 요구하여, 발상을 찾아내려는 방법, 일종의 자유 연상법.

《4가지 규칙》
1. 양을 추구함, 질보다 양
2. 비판 금지
3. 자유분방
4. 결합 개선

사회생활을 하는 사람이라면 회사에서나 조직에서나 가정에서도 어떤 아이디어를 도출할 필요가 있을 땐 반드시 이 브레인스토밍 기법을 활용해서 새로운 창의를 모색해 보는 습관을 들여 보길 적극 권장한다. 그 결과는 자신과 조직의 발전이 보너스같이 따라오게 될 것이다.

〈철강사업 신규 분야 창출을 위한 브레인스토밍 후 기념촬영〉

모든 성과를 계수화하라, 계수화가 되지 않는 것은 성과가 아니다

상대평가의 경우 직장은 열심히 일한 직원의 성과를 상대와 비교하여 우열을 가린다. 절대평가도 성과의 정도를 평균(기준) 이상인지 아닌지 가린다.

가령 영업부에서는, 매출 목표 대 실적, 신규개발 목표 대 실적, 영업이익액 목표 대 실적, 영업이익율 목표 대 실적 이렇게 계수화가 되어 성과를 도출하기가 쉽다.

그런데 어떤 일들은 그 성과를 계수화나 계량화하기가 쉽지 않다.

예를 들면, 인사노무파트에서의 우수한 노무관리, 재무 회계파트의 안정적 재무관리, 총무파트의 현장의 효율적 구매지원 등은 계수화가 쉽지 않을 것이다. 그런데 그런 것들도 계수화가 가능하며 할 수 있어야 한다. 그래야 객관적 평가를 통해 인정받기 쉽고 동기부여도 된다.

우수한 노무관리는 전년 대비 노사 갈등 회수를 비교해서 몇 % 줄였는지, 산재사고와 금액 등이 몇 % 줄어들었는지 등이 계수화되면 된다.

안정적 재무관리도 총 차입액을 얼마나 줄였는지, 차입금리를 노력하여 평균 몇 % 낮추었는지, 부채비율을 몇 %에서 몇 %로 낮추게 되었는지, 신용평가등급을 얼마나 올렸는지 등이 비교분석으로나 기준대비 계수화가 가능하다. 효율적 구매지원도 저렇게 비교하거나 원가를 절감하고 납기를 단축한 일수 등을 계수화하면 충분히 가능하다.

그래야 관련 직원들이 추상적이거나 막연하지 않고 목표의식이 뚜렷이 생겨서 성취동기가 부여되는 것이다.

나는 감히 계수화되지 못한 성과는 성과가 아니라고 생각한다.

가령 연말이나 창립기념일에 우수직원 포상을 상신하여 포상위원회에서 선정할 때, "타의 모범이 되므로 이에 상기 직원의 포상을 추천합니다."라고 몇 명이 올라왔을 때 누구를 선정할 것인가?

자기가 하고 있는 일들을 계수화, 계량화하여 목표를 정하고 부여받아 열심히 뛸 때 동기부여도 생기며, 그것을 좀 더 열심히 하여 달성해야겠다는 성취동기도 생기면서 회사도 개인도 발전하는 거라고 생각한다.

〈성과 분석과 판단을 위한 화상 회의〉

맡으면 최선을 다하라

2004년 내가 지방에서 다시 서울 발령이 나서 자리를 잡을 무렵 서울에 사는 고등학교 동창모임이 한두 명의 희생으로 어느 정도 활성화되고 있었다. 나는 모처럼 서울 근무라 동창회에서 연락이 왔을 때 회비도 내고 가끔 모임도 나갔다. 고향 친구들 모임 성격이지만 각자 회사를 다니고 있었기에 많은 정보를 들을 수 있어서 도움도 되고 좋았다.

또한 재경 총 동문회와 연결되면서 선후배들도 체육대회나 주말 등산 모임에서 뵐 수 있었다. 장관이나 국회의원 등과 현대제철 등 주요 기업 고위직이 많아서 도움받을 일도 많을 듯했다.

그런데 몇 해 뒤 동창회장이 자주 공석이 되면서 우리 모임은 명맥만 유지하게 되었고 모임도 자주 갖질 못했으며 나도 바빠서 소홀하게 되었다. 그래도 연회비는 연락이 오면 꼬박꼬박 잘 내었다. 그러길 몇 해가 지났을까?

우리 아버님이 돌아가셨을 때 회사와 거래처 조문으로 빈소가 발 디딜 틈이 없었는데 정작 우리 재경 고교 친구들은 빈소 조문과 조의가 거의 없다시피 하였으며 나중에 들은 얘기지만 내가 재경회원으로 계속 회비를 내는 회원인지도 몰랐다고 했다.

그 얘기를 들은 나는 누가 회장과 총무로 희생할 사람이 없으니 그렇다 싶어서 내가 포항 근무를 마치고 다시 서울로 발령이 나면 총무가 아닌 사무총장(고대 최고경영자과정 사무총장 출신의 pride로)을 맡아 활성화를 시키겠다고 하였다.

2015년 가을에 내가 원해서 사무총장을 맡았고, 쉬는 날 일일이 친구들과 연락을 취했고 밴드도 만들고 카톡방도 개설하고 메일과 문자는 물론 직접 전화도 하면서 열성을 다했다. 그런 노력으로 분기 1회 정도 모임을 할 때마다 회원이 계속 늘어나서 10명 내외 모일까 말까 했던 재경동창 모임이 40명으로 증가하였다. 경조사도 성의 있게 챙기고 정기모임 사이에는 지역 번개모임도 자주하게 되었다.

이젠 나 없어도 잘 돌아갈 무렵인 2019년 6월 중순 고교 졸업 40주년 기념으로 재경동창 30명과 제주로 2박 3일 여행을 기획하여 다녀왔다. 제주 가는 그날 갑자기 회사 대표 보임을 명받고 제주에서 서울로 돌아오기 전날 저녁 제주의 한 식당에서 친구들에게 알리고 식사 중에 후임 사무총장을 뽑아서 만 4년 만에 넘겨주었다.

친구들은 이구동성으로 "우리 모임이 경민 친구 노력 덕분에 이만큼 활성화되었다."라고 입을 모아 칭찬을 해 주었다. 사실 그 친구들 중에는 일부 우리 회사의 업무와도 관련이 되어 필요시 우리 회사와 나를 많이 도와주는 징검다리가 되기도 하였다.

　'이 세상에 태어나 무슨 일을 맡아서 하든 일단 맡으면 최선을 다해야 된다.'고 생각을 한다. 내게 주어진 운명이다 생각하고 최선을 다하고 안 하고의 차이는 천양지차(天壤之差)이다.

　그 당시 희생했던 회장(총무) 친구들과 초기에 창설하고 명맥을 잘 유지해 왔던 친구들의 희생과 그 뒤로도 잘 이어 가는 친구들이 있었기에 지금도 멀리 떠나온 객지생활의 고단함과 힘들었던 사회생활을 서로 위로하며 좋은 인연으로 이어지고 있다. 그런 재경 고교 친구들 모두에게 감사드린다.

高

감사패

자랑스러운 재경 진해고
30회 동창생 성 경 민

귀하는 (주)동방 CEO로 전 세계를 누비며 우리나라
물류산업을 선도하는 기업인으로 바쁜 일정 가운데
2015년 7월부터 2019년 6월까지 만 4년 기간 동안
재경 진해고30회 사무총장으로 소임을 다하여 동창회의
무궁한 발전과 회원 간 단합에 큰 기여를 하였기에 전
동창의 감사한 마음을 담아 감사패를 수여합니다.

2019년 12월 16일

재경 진해고 30회 동창회 일동

〈동방 대표가 된 이후 친구들이 수고했다고 해 준 감사패〉

王들만 歷史에 기록되는 건 아니다

내가 직장 생활을 하며 자주 다짐했던 게 있다. 나도 역사에 기록을 남기리라. 조선왕조 오백 년이 실록에 기록이 되어 있듯이 지금은 문민정부 5년, 참여정부 5년 등으로 그 기록이 남는다. 서해 유성룡의 《징비록》과 이순신 장군의 《난중일기》도 그 시대 역사를 대변하는 유명한 기록이요, 역사이다. 그러면 역사의 기록은 그것만 남아 있는 역사일까?

일기장이 한 개인의 역사라면, 학교에는 학교의 역사가 있고, 회사에는 회사의 역사가 있고, 국가에는 나라의 역사가 있다. 나는 정치를 입문하여 나라의 큰일을 하면서 국가의 역사에 기록되는 일을 비록 하진 않았지만 회사에 입사하여 일을 하면서 우리 회사에 나만이 할 수 있는 역사를 남겨야겠다는 생각으로 일을 하였다. 그래서 나의 직급에서 각각의 많은 일들을 남겼다고 자부한다.

1. 사원 땐 광양 지사 창설 원년 멤버였으며, 1987년 P사 최초 항만하역

장비로 우리 회사 광양 지사가 E/T 도입 시 주역이었다.

2. 1990년 포항 지사 시절 P사 내수공로 요율 당사 기준 34.5% 인상 개선하였다. (전대미문의 기록, 다시는 깰 수 없는 기록으로 생각함.)

3. 1992년 당사 최초 P사 연안해송(G제철소 3기) 참여 주역이었다. 이는 해운 지사 창설 계기가 되었다.

4. 1997년 10월 해운사업부 광양운영팀장으로 발령 나기 직전 월까지 1년간 경상적자 월 8천만 원씩 발생한 적자부서를 발령 난 10월에 바로 흑자 전환한 전대미문의 기록을 달성하였다.

5. 1998년 동방그룹 최초의 올해의 동방인상 수상하였다.

6. 1998년 해운사업부를 이끌며 본사 임원 경영회의에 참석하는 최초의 1을 차장이었다. (소속 직원 약 70여명과 소속자산 약 500억 원을 담당.)

7. 해운사업부장 7년간 누적 경상흑자 약 70억 원은 물론 한 해도 적자를 기록한 적이 없다.

8. 대형 터그 & 바지 최초 항만청 외항자금을 내항 계획조선 자금으로 전환 유치에 성공하였다. (그 당시 국내 최대 바지선인 동방 8001호

와 터그보트 1세트 신조.)

9. 해운 지사 창설, 초대 TPL 부문장 역임, 천안 지사 창설, 제주 영업소 창설, 삼척 영업소 개설 등 약 10여 개 신설 사업장 창설 주역이었다.

10. 세계 최초 철강 후판 로로선 동방ACE호 건조(도면 특허)하였다. 이는 P사 18년간 물량 및 원가 보전 계약 체결로 이어졌다.

11. 부산 동방 물류센터 운영 조기 정상화를(홈플러스, LG전자 유치) 기록하였다.
   동방 물류센터 대표 4년여 겸직하였고 그 이후도 적극 지원으로 지속 기여했다.

12. 당사 최초 윙바디 사업, Cold chain(냉동 냉장) 물류사업, 밀크런(milk run) 사업 도입 주역이었다.

13. 45피트 3온도 특수컨테이너 냉동차량을 계약하였다.

14. 대형물류센터(여주, 진천, 오산, 밀양EXP, 함안EXP) 운영사업 최초 수주를 이루었다.

15. 2011년 당사 최초 삼다수 입찰 성공으로 4년간 직접 운영 경험 및 12년간 간접적으로 경험을 축적하였다.

16. P사 후판물량 100억 × 5년 입찰 수주로 광양 지사 최초 후판 운영 기반 구축을 기록하였다.

17. 울산 지사 펄프 대형 고정화물 유치를 기록하였다. 이는 컨테이너 영업팀으로 대형 벌크 물량을 신규 개발한 최초 사건이 되었다.

18. 2018년 말 쿠팡 간선 물류사 최초로 참여하였다. 2021년 초 쿠팡의 뉴욕 증시 상장으로 당사 주식도 7배의 고점을 기록하였다.

19. 동방(母企業) 최초의 공채 출신 대표가 되었다.

20. 대표로서 힘든 코로나 시기에 3여 년을 대표로 보내며, 회사 역사 상 처음으로 2년 연속 본사비를 줄이고, 선사들의 요율개선(6~45% 인상) 추진과 남겨진 각종 부실(해외부실 채권 등) 처리는 물론 19년 만에 본사 이전을 추진하였고, 유상증자를 실시하여 부채비율을 낮춘 기록을 달성했다.

기타 다수의 신조선박 건조(영업), 11톤 윙바디 초장축 설계 운영, 직영 위수탁 개념 최초 도입 운영, 물론 이런 회사의 역사를 쓰는 기록들에 있어서 사안마다 나 혼자 단독으로 추진한 것도 있었고 같이 일한 직원들도 있었다. 어찌 되었던 같이 일한 직원들에게도 역사를 같이 썼다고 공을 돌리고 싶다.

이런 게 무슨 역사냐 할 수도 있겠지만, 이런 작은 거 하나라도 내가 할 수 있는 역사라 생각하고 업무를 해 나간다면 회사의 발전은 물론 조직 속에서 본인의 발전도 보장될 것이다. 또한 그중에서 어떤 일들은 국가의 발전에도 기여가 되는 뜻깊은 일이 될 수가 있다.

우편배달부가 되라
(소총 자주 쏴라)

해외에 사는 어느 처녀 총각이 있었다. 총각은 처녀를 많이 사랑했다. 하지만 이 둘은 직장 관계로 멀리 떨어져 있었기에 만날 수가 없었다.

그래서 총각은 처녀에게 사랑의 편지를 보냈는데 얼마나 많이 보냈냐면 자그마치 2년여 동안 약 400여 통의 편지를 보냈다. 대단한 연인이다.

드디어 2년 후에 이 처녀가 결혼을 했다. 누구랑 결혼했을까? 당연히 400통의 편지를 보낸 그 총각?

'땡'이다. 아니다.

그러면 누구와 결혼했을까?

400번이나 편지를 배달한 우편배달부와 결혼을 했다고 한다. 이는 편지의 힘(사랑)보다는 만남의 힘(사랑)이 더 강하다는 이야기다. 이런 것을 심리학에서는 '단순 노출효과 이론(Mere exposure Effect Theory)'이라고 한다.

로버트 자이언스(Robert Zajonc)라는 사람이 연구한 호감 이론이라는 것인데 '사람을 자주 보게 되면 자연스럽게 호감을 갖게 된다'는 것이다. 쉽게 말해서 '자주 보고, 자주 만나면 어느새 情이 든다'는 뜻이다.

그래서 한 번도 만나지 않고 편지만 400통 보낸 남자보다는, 한 번도 편지를 안 썼지만 400번 만난 우편배달부와 결혼에 골인 한 것이다.

내가 영업하는 직원들에게 자주 사용하는 표현이다.

회사가 영업하는 직원들에게 원하는 만큼 많은 접대 예산을 충분히 주지 못하니 거래처에라도 자주 다니면서 만나고 정보도 얻고 점심 대접이라도 하다 보면, 情이 들고 많은 얘기 중에 개선하며 제안할 아이디어가 나오게 된다.

그런데 그것이 대포 한 방(큰 접대) 쏘고 뜸한 것보다 훨씬 낫다는 것이다. 대포만 쏘면 거래처가 그때는 좋아할 수 있겠지만 자주 보지 않으니 정보 부족으로 제안이나 개선 아이디어가 나오지 않는다.

즉, 위의 비유에서처럼 연애편지를 쓴 사람보다 매일 편지를 배달한 우편배달부가 그 아름다운 여인과 결혼에 골인하게 되는 것이다. 김영란법

시대에 세상도 많이 바뀌어 기업의 접대비 한도도 대폭 줄어들었지만 거래처와의 유대관계를 소홀히 할 수는 없다. 그래서 시대에도 맞고 소기의 목적 달성을 위해 내가 영업하는 직원이나 은행에 가서 자금을 융통하는 부서 직원들에게 주는 짧은 메시지가, "소총이라도 자주 쏘는 우편배달부가 돼라."였다.

〈힘차게 대양을 향해 항해 중인 수출 화객선의 선미〉

실패에서 배우고 좋은 대안을 찾으라

나는 회사생활 36년 동안 많은 일들을 맡아서 성공도 시켰지만, 때론 실패한 일들도 있었다. 그때마다 뭐가 잘못된 건가? 곰곰이 분석해 보거나 자문을 받아 보거나 해서 그 잘못된 경험을 통해서 좋은 대안을 찾아내곤 했다.

많은 실패의 경험들이 더 양질의 성공으로 그 빛을 발하게 되니 실패했다고 좌절할 필요는 없다. 한번은 일본에 본사를 두고 한국에서 포워딩을 내실 있게 잘 운영하고 있는 한큐코리아의 물량을 어렵게 유치하여 우리 부산 지사에 맡긴 적이 있었다.

그런데 몇 해 뒤 우리 담당이 평택의 투자회사로 옮기게 되면서 부산에서는 이 한큐코리아의 일들이 인수인계가 안 된 채 대충 대충 대응하게 되었다.

본사에서도 한큐코리아의 일들은 잊은 채 다른 일들로 바쁠 무렵 한큐 물량은 경쟁사이던 H사로 넘어갔고, 부산 지사는 한큐물량이 넘어가도 본사에 보고 하지도 않은 채 한두 해가 흘러갔다. 나중에 파악해 보니 그 한큐물량의 공백이 적지 않음을 느끼고 본사에 다시 연락이 왔지만 이미 때는 늦은 뒤였다.

부산에서는 절대 이런 일들이 재발되지 않도록 관리할 테니 꼭 다시 유 치해 달라는 부탁을 해 왔고, 천안 지사도 물류센터를 좀 더 큰 곳인 용인 으로 옮기면서 시설 투자에 만전을 기하였다.

나는 용기를 내어 한큐의 사장님을 다시 뵈었고 큰 꾸중과 그동안 있었 던 일에 대한 고객불만을 한참들은 뒤 다시는 재발되지 않게 내가 동방 다니는 동안은 업무가 바뀌어도 한큐 업무는 끝까지 본사에서 관리하겠 다고 약속드리니 화를 푸시고 돌아가 있으라고 하셨다.

얼마 뒤 우리 용인 물류센터를 방문하시고 추가 시설을 꼼꼼히 점검 후 시설보안을 추가 주문하시고 운송과 보관에 대한 재계약을 다시 주셨다. 나는 그때 이후 10여 년간 내 업무가 바뀌어도 한큐의 일들은 내 일같이 잘 관리하였고 지사에서도 잘해 주었다.

지금도 그때 이후 관계가 돈독하여 물량의 많고 적음을 떠나 한큐코리 아 사장님의 경영철학을 배우며 좋은 관계를 잘 유지하고 있다.

또 다른 사례로는 십여 년 전 본사 근무 시절 우리 회사 영업전산 중 복잡하기로 널리 알려진 컨테이너 전산을 개발키로 하고 전산 담당과 수소문하니 몇 개의 크고 작은 IT회사가 찾아와서 제안을 했다.

그중에서 P사의 계열 대형 IT회사가 소형 IT회사의 가격에 맞춰서 개발하겠다고 제안을 해서 '철강 업무에 특화된 회사가 컨테이너 전산을 개발할 수 있을까?' 하는 의문이 들었지만, "철강 야적 이송관리나 컨테이너 적재 이송관리나 전산개념에서 다를 게 없다."는 제안과 또 영업적으로도 관련된 P사의 부탁도 있고 해서 회사 내부 결정을 통해 결정을 하고 개발에 들어갔다.

P사의 전산 개발 요원들과 우리 계열사의 운영할 IT 요원들이 개발을 진행했고 부산에서는 컨테이너 야드(CY) 담당자가 수시로 본사에 와서 업무 설명을 진행하곤 하였다. 그런데 시간이 갈수록 공기도 늘어나고 우리 회사의 전산 담당도 다른 업무에 더 비중을 두고 자꾸 소홀한 느낌도 들 무렵 중간 테스트를 하는데, 도저히 전산이 잘 안 맞아 부산의 컨테이너 담당자들과 업무를 수정하며 대응했지만 좀처럼 전산이 완성되지 않았다.

결국 우리 회사에서는 클레임을 제기하는 상황이 되었고 P사의 최고 책임자가 와서 종합적 회의를 진행하고 다시 수정보완을 해도 완성도가 못 미친 가운데 일부만 살리고 일부는 클레임처리하고 종결하게 되었다.

그 이후 나는 이 업무에서 손을 놓았고 우리 컨테이너 전산 담당도 다른 부서로 옮겼고, 회사는 작지만 컨테이너 전산을 개발해 본 전문 IT회사에 용역을 다시 맡겨 어느 정도 사용 가능하게 완성이 되었다.

내게 남겨진 교훈은 우리 동방의 전산업무 담당은 후일 부산신항 물류센터 전산 개발에 많은 피해를 주었고 해외에 나가서도 회사에 피해를 주며 사직을 했다. 싹이 노랬던 것이다.

결국 싹이 노란 직원들은 어디서 무슨 업무를 해도 회사에 도움이 안 된다는 교훈과, 비록 작은 전산 하나라도 큰 업체인 게 중요한 게 아니라 그 분야에 경험 있는 전문업체가 낫다는 두 가지 교훈을 얻게 되었다.

실패 속에 교훈을 얻고 대안을 찾아 더 단단해지면서 회사와 개인은 발전해 나가는 것이라 생각한다.

반드시 현장에서
답을 찾는다

직장인은 무슨 일을 하든 반드시 그 일은 현장과 연결된다. 광범위의 현장과 연결되지 않는 일은 거의 없다. 그런데 대부분은 어떤 문제를 개선하거나 해결하는 데 있어서 현장을 무시하거나 고려하지 않거나 제3자의 얘기만 듣고 현장을 가 보지도 많고 쉽게 결론을 내어 버리는 데 문제가 있다.

S대학을 나오지 않아도 좋다. 오히려 그 대학을 나온 사람은 답을 본사에서 자기 머리로만 찾는다. 실패할 확률이 높다. 난 감히 말한다. 직장에서 성공하거나 대표가 되는 것이 목표라면 무조건 현장에 근무해서 본사로 오거나 본사 근무 중이면 현장을 자주 가 보라.

그리고 현장을 지원해서 짧게라도 경험하라. 그리고 또 본사에 오는 기회도 만들어라.

무슨 문제가 생기면 왜 문제가 생겼는지 수사반장이 되어서 현장에서 찾으라. 그 개선책도 그 효율적 방법도 반드시 현장에 가 본 뒤 수사반장 처럼 골몰하면 답이 보인다.

난 입사 이후 현장 근무 연수가 50%가 넘는다. 발령이 나면 어려움이 있어도 받아들이고 본사건 현장이건 본지사 겸직이건 다 가서 맡았다. 그래서 지금은 전자결재를 해도 현장이 눈에 선하니 무슨 판단도 두렵지 않다.

대표가 된 지금도 어떤 일에 T/F 팀장도 맡겠다고 한다.

왜?

내가 본사와 현장, 양쪽을 제일 많이 알기 때문이다. 이 얼마나 쉬운 일 인가? 얼마나 성공하기 쉬운가? 얼마나 대표가 되기도 쉬운가?

반드시 현장에서 답을 찾아라. 본사와 현장, 양쪽을 다 잘 아는 사람을 이길 수 없다.

〈현장 근무 시절 항상 안전복장으로 현장을 누비는 모습〉

최악의 경우에 임하라, 이 또한 지나가리라

직장 생활도 그렇지만 삶의 전반에 대다수의 사람들은 어떤 일에 중대 고비를 맞으면 갈등과 번뇌와 고민을 한다. 그럴 때마다 멘탈이 약한 사람은 자포자기 상태로 직장을 옮기거나 다른 사람 탓도 심해지고 심하면 자살 충동도 느끼게 된다.

나도 직장 생활을 하며 중대한 결정이 잘못되거나 진행하던 일이 뜻한 바대로 되지 않았을 때 갈등과 고민이 많았다. 지금 생각해 보면 그때마다 이겨 낼 수 있었던 힘은 최악의 경우 어떻게 될 것인가부터 생각해 보았기 때문인 것 같다.

그러면 그 일이 잘못되었을 때 최악의 상태를 상정해 놓은 마음 상태가 되므로 그 이후 한결 문제를 해결해 나가는 마음이 가볍다. 또한 지나고 보면 그때 그 일들은 지나가게 되고 시간이 일부 해결하는 측면도 있다. 즉, 시간이 해결하는 몫도 있는 것이다.

〈항상 많은 손이 가곤 했던 선박의 심장, 기관실〉

"이 또한 지나가리라."

유대교의 율법학자들인 랍비에 의해 구전된 것으로 알려진 이 말은, 세계 제2차 대전에서 독일인들에 의해 핍박받는 유대인들에게 희망을 주기 위해서였다고 전해지며, 그 당시 절망에 빠진 많은 사람들에게 큰 힘이 되었다고 한다.

직장 생활 중 견디기 힘든 일들이 있을 때 그때마다 최악의 경우에 어떻게 되는지를 상정해 놓고 하던 일에 안정을 찾아 최선을 다한다면, 미리 상정해 놓은 최악의 사태는 절대 발생하지 않는다.

또한 그 어떤 어려움도 시간이 해결하며 간다고 생각하면, "이 또한 지나가리라."처럼 위로가 되면서 문제 해결이나 마음의 안정에 큰 도움이 될 것이다. 일반 직장인들은 이 두 가지를 꼭 염두에 두고 실천해 간다면, 곧 마음의 안정을 찾고 본인이 하던 일에 위안이 되면서 최선을 다하게 되리라 생각한다.

질문하거나 대화하는 상대와 교감하자

직장 생활을 하면서 몸으로 터득한 소통의 기술 중 습관을 들이면, 가장 쉽게 상대와 가까이 다가서는 방법을 소개하고자 한다. 사내에서의 직장 상사나 동료와 후배도 물론이겠지만 까다로운 거래처 분들과 평소 대화 시에 특정 인물과 좀 친숙해질 필요가 있을 땐 이렇게 말하면 좋다.

"부장님은 잘 알고 계시겠지만~~"
"팀장님은 잘 이해하시리라 보지만~~"
"○○ 씨는 본질을 잘 헤아리실 거라 보지만~~"
"○○ 씨는 지난번에 조언도 해 주셨는데~~"
"이사님께선 그럴 리가 없으시지만~~"

특정한 그분을 거론하며 위와 같이 동조화하거나 이해심 있는 분으로 언급하며 대화를 진행하면 하지 않고 진행하는 것과는 그 다가섬이 하늘과 땅 차이가 난다. 또한 거래처 등에 사업제안 후 상대의 질문을 받거나

대화중 상대가 질문을 하여 내가 답을 할 때도 마찬가지로 답을 말하기 전에 이렇게 말해 보자.

"참 좋은 질문이십니다. 정말 전문가다운 질문이십니다."
"충분히 이해를 잘하신 질문입니다. 참 이해가 빠르십니다."
"정곡을 콕 찌른 예리한 질문입니다."

등으로 상황에 잘 맞게 먼저 질문한 상대를 치켜세워 준 뒤 답을 하게 되면, 그 질문한 거래처의 전문가와 나는 벌써 그 제안에 대해 어느 정도 같은 교감을 가지고 다가서게 되는 심리가 작용하게 된다.

우리는 대개 엉뚱한 질문을 해 오는 상대가 있다면 잘못 알고 있다고 가르치려고 한다. 그러면 그 제안이 아무리 훌륭하더라도 제안을 심사하는 그분과 나는 이미 상황이 끝나 버린다. 내가 누구에게 좋은 제안을 부탁을 하는 갑(甲)의 입장이더라도 마찬가지이다.

좋은 제안이 나오게 하려면 상대가 정성껏 준비를 해서 제안을 할 수 있도록 상대를 전문가로 인정해 준 뒤 좋은 제안을 요청하면 상당히 정성을 들인 정말 품질 좋은 제안이 나올 수 있다. 상대와의 교감을 가장 빠르게 하면서 다가서는 협상의 기술이기도 하다. 평소 많은 연습이 필요하다.

희망을 가지고 즐기면서 성장하라

20세기 대표적인 역사학자로 꼽히는 영국의 아널드 토인비, 그는 많은 역사를 해석하고 정의하였다. 하지만 그와 다른 생각을 지닌 역사가들로 부터 비판을 받기도 했다. 그는 오만과 태만은 행복의 파괴자라 일컬었다.

소수의 성공자가 과거의 성공에 심취 해 미래로 나아가지 못하고 교만해져 올바른 균형감과 판단력을 잃어버린 채 결국 몰락한다고 했다.

그리고 그 현상을 '휴브리스'라고 명명했다. 이렇듯 미래에 대한 희망을 언제나 강조했던 토인비는 81세 생일을 맞아 다음과 같은 말을 했다.

"사람이 늙으면서 과거에 붙들려 있으면 불행하다. 또 미래에 대해 눈을 뜨지 않으려는 약한 마음도 생긴다.

과거의 사람은 몸이 죽기 전 이미 죽은 사람이다. 희망을 품고 미래를 보는 용기가 사람을 젊게 만든다."

"절대 돌아올 수 없는 시간에서 벗어나 앞으로 돌아올 시간에 도전과 용기, 노력을 쏟는다면 앞으로의 미래 또한 영광이란 이름으로 찾아올 것입니다.

과거를 기억해야 하는 단 하나의 이유가 있다면, 과거의 실패를 초석 삼아 미래를 희망으로 이끄는 것, 그것이 가장 큰 이유일 것입니다."

직장인들은 대부분 편하게 스트레스 좀 덜 받으며 남들에게 크게 뒤지지 않으면서 직장 내에서 인정받고 성장하길 원한다. 그런데 직장일이란 사람과 업무가 뒤엉켜서 하루하루가 돌아가는데 생각처럼 그렇게 만만하지가 않다. 자기 일을 즐기면서 희망을 가지고 하나씩 도전하다 보면 언젠가 부쩍 성장해 있는 자기 자신을 발견하게 될 것이다.

〈고교 졸업 40주년 행사 후 각지에서 모인 친구들과, 2019. 4.〉

物流人이라면
SCM과 선박적화법은 읽어야

일반적으로 물류회사를 입사하면 요즘은 물류관리사 자격과 컴퓨터 활용능력 관련 자격은 기본이 되어 있다. 물류관리사자격 시험은 다양한 물류지식을 습득하는 좋은 기회가 되는데 예전에 항만물류 회사를 입사하면 OJT가 전부였다.

그때 정말 교본 같은 서적이 《선박적화법》(한국 해양대 교수 공저)이었는데, 지금의 물류관리사 시험에도 이 책을 바탕으로 항만물류 관련 문제가 나온다. OJT로도 뭔가 부족하며 의문을 가졌던 내게 정말 단비 같은 서적이었고 지금도 가끔 읽어 보곤 하는 항만물류의 교과서 같은 책이다.

이 책은 해양대학에서 항해학과 학생들은 필수교본이며 이를 근간으로 1항사가 되면 선박의 장비(Ship's Derrick)활용은 물론 화물을 하역하는 적화계획(Stowage plan)을 담당하게 된다. 항만물류뿐만 아니라 광범위의 물류회사 직장인이라면 꼭 독서를 권장하고 싶은 책이다.

또한 최근의 물류회사는 택배가 활성화된 이후 쿠팡의 로켓배송, 마켓컬리의 새벽배송 등 유통물류의 신속 정확하며 저온물류 확대가 그 트렌드가 되고 있다. 간선(B to B)의 대형물류(11톤 윙바디 이상)에서 가정의 소형물류(B to C, consumer, 1톤 탑차, 다마스, 오토바이 배송 등)로의 중요성이 더해지고 있다. 즉, 소형물류와 라스트 마일에 승부를 걸고 있다.

즉, 공장에서 제조하여 보관하고 중간 물류를 거쳐서 최종 소비자(end user)에게 도착되며, 원료가 제조공장으로 납품되는 全 과정에서 Loss를 줄이는 합리화 과정의 토탈 물류를 다루는 SCM(Supply Chain Management, 공급사슬망관리)의 중요성의 부각으로, 마지막 남은 원가절감 중 전문 삼자물류(TPL, Third Party Logistics)의 필요성이 대두가 된다.

공급사슬망관리(SCM) 관련 서적도 대학에서 이공계의 산업공학과나 경영대학원의 MBA 등에서 교과목으로 다루는 학문의 분야인데, 물류회사를 다니는 직장인이라면 꼭 권하고 싶은 책이다. 일반 직장인들도 꼭 본인의 전공이 아니더라도 자기가 속해 있는 회사의 주력 ITEM에 맞는 서적의 탐독으로 기초적인 지식을 꾸준히 쌓을 필요가 있음은 물론이다.

직원들 대동을 자제해 보라

직장에서 대개 높은 직위에 오르면 실무를 떠난 지 오래되어 출장이나 외부 미팅 시 관련 직원들을 대동해서 다니게 된다. 내가 현장 근무 시 과장 때까지도 윗사람들은 어디를 가면 꼭 나를 데리고 갔다.

사실 그렇게 다녀온 날은 밀린 업무들이 많아 야근을 해야 퇴근할 수 있었다. 충분히 윗선에서 실무 보고를 받고 움직이시면 굳이 내가 같이 동행하지 않아도 가능한 업무가 대부분이었는데 돌아올 땐 업무가 밀린 내 입장에선 아쉬움이 많았다.

나는 내가 성장하여 윗사람이 되면 아랫직원들을 대동해 다니지 않겠다고 다짐한 것도 그 무렵이다. 그래도 꼭 실무가 필요하면 어쩔 수 없지만 그런 게 아니라면 보고를 받고 공부를 좀 더 하여 출장이나 외부 미팅을 가면 큰 문제없을 것 같았다.

난 지금도 그런 일이 생기면 직원들에게 간단한 보고를 받고, 꼭 거래처에 누굴 인사시켜야 될 일이 아니면 대부분 나 혼자 움직여서 해결하고 온다. 직원들은 밀린 일로 야근하며 스트레스받을 일을 줄여 준 셈이다.

또한 그렇게 하기 시작하면 본인의 실무 능력도 향상되어 업무에 많은 도움이 되는 1석 3조 효과가 있다. 코로나 시기인 최근엔 화상으로 영상회의를 하면서 좋은 점이 더 많아졌지만 굳이 대면 미팅 시에는 지금도 그렇게 실천하고 있다.

해군 참모총장

나는 어릴 적 해군의 도시 진해에서 성장하였고, 선후배들이 자연스럽게 해군사관학교를 많이 들어간 진해고등학교를 다녔다. 선배님들 중에는 해군 참모총장을 지내신 분도 몇 분 계신다. 초등학교 시절 난 해군에서 만든 설영대 관사에 살았는데, 그땐 이미 민간주택으로 바뀐 지 몇 해가 되었을 때라 軍시설은 아니었다. 집들이 계획적으로 지어져 꼭 바둑판 모양의 정리정돈 잘된 주택가였다.

해군에는 참모총장이 계셨겠지만 진해에도 높으신 장군들이 많이 거주하셨다. 어릴 적 해군 헌병의 위엄과 해병대 장병들의 강건함을 보고 자랐다. 또 내가 다닌 진해고등학교도 1학년이 입학하면 해병대 1주일간 병영훈련을 마쳐야 진정한 진해고교인이 되는 전통이 있었다. 월남戰 직후라 그 병영 훈련이 거의 육군 논산훈련소 훈련의 축소판이었다. 요즘 같으면 부모들이 난리가 났을지도 모르겠다. 훈련소 조교들도 월남戰을 다녀온 분들이라 눈에는 살기가 살아 있던 모습이 선하다.

초등학교 때 설영대 관사의 우리 집에 해군 헌병의 안내를 받으며 가끔 차 한잔하러 놀러 오신 사모님이 계셨는데 우리 어머니랑 경북여고 동창이셨고, 후일 그 부군은 해군 참모총장까지 하셨다. 아마도 경직된 영내 생활의 고단함을 달래기 위해 가까이 민가에 살던 동창생을 만나러 나오셨을 것으로 추정된다. 다음 날 학교에 가면 나는 스타가 되기도 했다. "경민아, 어제 너희 집에 무슨 높은 분이 다녀가셨기에 해군 헌병들이 그렇게 쫙 깔렸냐?"라며 삼삼오오 내 주위에 친구들이 몰려들었다.

그 사모님의 부군은 경주 출신으론 첫 해군 참모총장이 되셨다. 우리 아버님도 해군 출신이시라 듣게 된 그분 얘기는 이랬다.

박정희 대통령 시절이라 정전 후에도 남북 간에는 불안한 상태에서 그분이 대위 시절 함정을 지휘하여 나서면 그 급에 맞는 북한군 함정을 격침시키거나 나포해 오면서 1계급 특진을, 소령 시절엔 함장으로 소령급에 맞는 북한 함정을 격침 내지는 나포하여 특진, 중령 시절도 마찬가지로 같은 성과를 내시며 해군에서 그렇게 승승장구하시고 해군 참모총장까지 하신 것 같다.

나는 입사 이후 3을에서 3갑, 3갑에서 2을, 2을에서 2갑 등으로 심지어 부사장 승진 때까지도 그 급에 맞는 괄목할 성과를 한두 개씩 확실히 창출하며 승진해 왔다고 자부한다. 현재의 직장인들은 꿈이 승진이고 많은 월급을 받고 인정받기를 원하며 다닌다. 그런데 막상 승진 심사 시에 보면 대부분 연공서열이지 뚜렷한 성과가 없다. 승진 심사를 하는 높은 분들의 입장에서 보면 참 고민이 많다.

내가 2갑 과장 4호봉 시절에는 해운사업부 현장발령 한 달 만에 적자를 흑자로 전환시키자 회사에서는 첫 시행된 올해의 동방인상을 주어서 1계급 특진시키자고 이구동성이었던 적도 있었다. 그렇게까진 못하더라도 승진을 원하고 본인들의 월급이 오르길 바라는 직장이이라면 최소 남들과 똑같이 밋밋해선 안 되며, 어느 부서에 근무하든 열정을 가지고 성과를 반드시 창출하는 직원이 되도록 최선을 다해 주길 감히 바라 본다.

요즘은 젊은 직원들에게 오히려 배울 게 많아지는 모바일 앱 환경이나 IT 시스템 등으로 참모총장의 소령 시절보다 실력 발휘하기 훨씬 더 좋은 환경이다. 30대가 야당의 당대표가 되는 세상이다.

우리의 젊은 직원들이 성취동기를 가지고 그런 장점을 충분히 발휘하고 잘 살려 나가길 기대해 본다.

자격증과 자기계발

　고등학교 때나 대학교 때나 학교에서 사회진출을 목적으로 학생들에게 자격증을 따게 하는 경우는 특수목적 학교 이외에는 드물다. 그런데 사회는 그런 자격증을 필요로 한다. 그래서 나는 대학을 다니면서 꼭 자격증이 아니더라도 외국어 공부와 그 당시 태동하기 시작한 컴퓨터, 상업고등학생들이 졸업하기 전에 취득하는 부기 2급과 타자자격증 등을 다 공부하거나 알바하면서 그런 학원을 다녔다.

　실제 부기 2급은 학원시험도 통과했으며, 주위 친구들과 한글타자 3급, 영문타자 4급의 공인자격을 따기도 했다. 포항 교육 근무 시절 타자기 위에서 줄을 긋고 표를 만드는 걸 본 선배 직원들이 다들 몰려와서 신기한 듯 구경하고 때론 급한 일을 맡기기도 했다.

　컴퓨터가 보편화되기 전에 복학을 하니 그런 과가 개설되어 대학에서도 학원에서도 열심히 배웠다. 그 당시 BASIC, COBOL, FORTRAN 등으로 프로그램을 만드는 수준이었지만 획기적이고 앞서가는 진척이었다. 타자 자격은 컴퓨터 자판을 칠 때도 양손으로 신속히 문서를 만드는 데 많은 도움이 되기도 했다.

난 대학 때인 1982년 나이 만 22세가 채 안 되었을 때 태권도 공인단증과 1종 보통 운전면허를 취득했다. 회사 다니면서 그 당시 인터넷 검색을 빨리해서 자료들을 찾아내는 정보검색사시험도 준비하여 3급부터 2급, 최종 1급까지 공인자격증을 취득한 바도 있다.

외국어도 영어(Toeic & Toeic speaking)는 물론 일본어(JPT), 중국어(HSK)까지 배워서 업무적으로 사용할 수 있도록 학생 때 또는 사회생활하면서 준비한 경험이 있고 실제 업무에서도 많이 활용한 바 있다. 난 또 회사에서 하는 자격증도 취득하여 많은 활용을 하였다. 그중 대표적인 것이 CTCA 사내강사 자격증(창의력 개발과정)이었고, ISM 수료증(선박안전관리자)이었다.

대학원도 틈을 내어 종류가 각각 다른 3개나 다니면서 학위를 취득하는 등 자기계발을 하였고, 성명학(姓名學)도 공부하여 많은 사람들 이름도 지어주고 분석도 해 주었는데 이는 이 책의 다른 제목에서 별도로 다루고자 한다.

암튼 사회생활을 하는 직장인이라면 필요할 수 있는 컴퓨터 활용능력은 물론이고 자격의 취득(물류회사를 다니면 최소한 물류관리사, 보세사

정도는 취득해야 한다.)과 관련 지식을 꾸준히 습득하길 권한다. 최근엔 기업 활동에 안전(安全)이 무엇보다 중요해지면서 산업안전기사 자격증이 필요해지고 있음도 관심사항이다.

　대학도 학문으로 대학교수나 연구원을 양성하는 학과는 별도로 하더라도 실제 사회나 직장이 필요로 하는 교육과 자격취득에 더 많은 시간을 부여해야 하는 쪽으로 변해야 한다는 생각이 든다.

〈한양 사이버 대학원 MBA 석사 졸업 독사진〉

프로야구 선수만
프로가 아니다

프로 야구의 이승엽 선수 같은 사람들만 프로인가? 아니다. 회사에서 직장 생활을 하는 직장인들도 프로이다.

프로야구나 축구선수도 본인의 건강관리 소홀로 아프거나 경기에 출전 횟수가 떨어지거나 성적을 못 내면 결국 도태되고 퇴출되듯이 우리 직장인들도 철밥통이 아니다. 본인이 건강관리 소홀로 아파서 결근 일수가 많아지거나 성과를 못 내거나 하면 결국 승진에서 밀리고 동료들과의 살벌한 경쟁에서 도태된다. 똑같은 프로다.

프로야구 선수들은 성적을 올리기 위해 개인적으로도 엄청난 투자와 피땀 어린 훈련으로 성적을 내기 위해 노력을 한다. 연습 중 방망이 부러지면 사야 하고, 체력 전담 코치를 개인적으로 두고 훈련하며, 배팅 연습을 만족할 때까지 한다.

프로골프 선수는 또 어떤가? 그들도 마찬가지이다. 장비를 투자하고 하루에 몇천 개씩 연습 공을 친다. 그런데 우리 직장인들은 어떤가? 프로 야구나 골프 선수만큼 투자하고 성과를 내기 위해 개인 노력을 하는가? 매일 출근해서 주어진 업무하고 다람쥐 쳇바퀴 돌듯 퇴근하고 주말 쉬고 또 출근한다.

일반적 직장인들을 보면 개인적 투자도 없고 노력도 안 할뿐더러 본인 건강을 위한 투자도 없다. 그러면서 핑계는 프로선수는 연봉이라도 많이 받으니 그렇게 투자하고 노력한다고 한다. 이승엽 선수나 박세리 선수가 처음부터 연봉이 많았던가?

그들의 시작점엔 일반 직장인의 연봉보다 적은 연습생으로 출발했다. 그런데 연봉이 적으니 장비는 빌려 쓰며 피나는 연습을 하고 또 하며 그런 위대한 선수가 된 것이다. 우리 직장인들도 프로선수처럼 회사 업무와 관련하여 개인적 투자도 하고 피땀 어린 노력을 한다면 몇 년 뒤 그렇지 못한 직원과는 어떻게 달라져 있을까? 또 이십 년, 삼십 년 뒤에는 어떻게 달라져 있을까?

틈틈이 대학원 졸업 등의 학위취득, 필요 자격증 취득, 골프도 배워 두고, 컴퓨터 활용 능력도 확대하고 아무 차키를 줘도 운전하는 베스트 드라이버이거나 심지어 업무상 필요하다면 댄스도 배우고 필요한 외국어도 배워 둔다면, 그렇지 못한 직장인과는 분명히 달라져 있을 것이다. 우리는 연습생 수준으로 입사하여 아직도 노력은 하지 않고 연봉만 적다고 불평하는 그런 직장인은 아닌지 되돌아봐야 한다.

그런데 프로 운동선수처럼 투자하고 노력하면 달라진다. 이 책을 읽은 직장인들이 어떤 걸 선택할 건가는 본인들의 몫이다.

평생사람 기록해 보자

나는 어느 날 핸드폰의 저장능력 공간이 수십 GIGA급으로 확장되며 일기를 43년 쓰는 습관으로, 핸드폰 메모장에도 업무적으로나 개인 생활에 필요한 사항들을 수시로 메모해 두는 습관이 하나 더 생기게 되었다.

예를 들면, 나의 버킷리스트, 전국 맛집, 꼭 가 볼 명소, 건강 상식 등이 그것인데 그중에 특이하게 하나 더 있다면 '평생사람'이란 제목이다.

이는 내가 살면서 나의 친척도 들어가 있지만 학창 시절 친한 벗들과 고향 친구, 입사동기, 회사 직원들, 그리고 업무적으로도 신세를 많아지고 도움을 많이 받은 분들을 선정하여 최소한 내가 살면서 은혜라도 갚거나 연락하며 지낼 분들을 기록해 둔 메모장 제목이다. 가끔 그 속에 포함된 분들은 내가 보여 드리기도 하는데 확인하는 순간 놀라는 분들이 많다.

살면서 은혜를 입거나 만나면 즐거운 분들 또는 나와의 아름다운 추억을 공유한 분들, 마냥 반가운 친구들, 핏줄을 나눈 친척들, 업무상 도움을 줬거나 도움을 받은 분들, 직원들 중 잊지 않고 지낼 친구들, 입사 동기들 등등 해서 약 100명 정도의 나의 '평생사람'이 있다.

가끔 아무 일 없는 주말 아침엔 그 메모장을 확인하며 그분들과의 추억을 떠올리며 웃음을 짓곤 한다. 작은 은혜라도 보답하며 갚거나 저세상 갈 때까지 연락하면서 지낼 생각들을 하면서…….

사회생활을 하든 하지 않든 자기 주위의 신세 진 분들과 나중에도 추억을 나눌 분들과는 잊지 않게 해 두는 것도 인간관계에는 큰 도움이 되리라 본다.

자소서와 면접에서 A를 받는 요령

나는 일찍 임원이 되었기에 신입이든 경력사원 모집에서든 주요 면접관으로 선임되어 많은 면접을 봤다. 이제 그 경험을 바탕으로 신입과 경력을 나누어서 경쟁이 심하고 차별하기 힘든 자기소개서와 또 면접에서 면접관으로 부터 확실히 A를 받는 요령을 몇 가지 알려 드리고자 한다.

우선 대학생일 때 목표한 업무의 자격증 취득과 많은 아르바이트나 해외 경험, 여러 회사의 단기 근무 경험도 중요하며, 그런 경험으로 자소서 첫 문장 한 줄에 확실한 이미지 각인으로 승부를 걸어서 서류 전형 통과의 결론을 얻어야 면접이란 관문이 기다리고 있게 된다.

자소서 첫 문장의 팁을 드리겠다.

물류자격 5개의 준비된 예비 물류전문가
유통알바 3년의 준비된 유통서비스 분야 일인자

고객불만을 웃음으로 처리할 클레임 맞춤맨

금융업계 인턴 3년의 재무, 회계 전문가

세계 최고의 자동차 전문지식 보유자

유튜브 운영 경험 5년의 최고 인기 유튜버

다양한 경험의 유망 온라인 콘텐츠 창작자

1. 면접의 공통적 팁

밝은 표정, 적당히 큰 자신감 있는 목소리, 자연스런 시선, 정확한 발음 등은 기본적인 요령이 되겠으며, 질문을 받으면, 질문을 복창하고 두괄식으로 결론부터 대답을 한다.

그리고 어떤 면접관이 질문하든지, 본인의 대답에 일관성이 중요하다.

여러 가지가 있겠지만 신입이나 경력이나 다 해당되는 기본적 팁에 대해 중요한 것 몇 가지만 언급했으며 세부적 요령은 나누어 알려 드리고자 한다.

2. 신입사원 면접

대개의 경우 신입면접은 면접관이 부장이나 팀장 등 실무 면접관이 다대다 면접으로 1차를 본 뒤, 주요 임원들의 다대다 면접이 진행되는 게 일반적이다. 또한 블라인드로 진행되거나 학력과 스펙이 공개되는 경우 두 가지의 면접으로 나눌 수 있다.

A. 블라인드 면접 시 요령

1) 질문을 받으면 질문을 복창하며 질문자를 살짝 칭찬하라.

   "좋은 질문 감사합니다. 전문가다운 질문이십니다. 예리한 질문
   에 놀랐습니다. 제게 맞는 질문 감사합니다." 등등.

2) 다양한 질문에 답하면서도 공개되지 아니한 자신만의 특징이나 강
   점을 면접규칙에 위반하지 않은 선에서 살짝살짝 어필이 필요하다.

   학과 회장 했을 때, 외국어 동아리 시절에
   물류회사 인턴 시절에, 해외 교환 학생 시절에
   유튜브 운영 경험 시절에
   ○○경시 대회에서 1등 했을 때

3) 이미 회사의 홈페이지 등에서 조사한 업종에 필요한 인재임을 강조
   하는 특징 몇 가지를 충분히 어필하라.

   일반 자격증, 이수한 교육, 컴퓨터 능력, 외국어 능력, 단기 알바
   경험, 회사의 인턴 경험, 온라인 콘텐츠 창작 경험, 전문자격증
   취득 등등.

4) 학생의 신분에서 이제 사회인으로서 프로가 되는 강한 자신감을 어

필하라.

이제 더 이상 어머니 치마폭속의 내가 아니다. 어디든 근무한다.
워라밸은 나중에 찾겠다. 등등.

B. 학력과 스펙 공개면접 시 요령

1) 면접관에게 공개된 스펙이라도 필요시 한 번 더 강조하라.

"저는 자격에서 나와 있지만 컴퓨터 활용능력은 타의 추종을 불
허합니다."

"또한 물류회사에서 필요한 자격증은 다 취득했고 지금은 보세
사 자격 공부 중입니다. 물류회사 어디에서 1년간 인턴 경험을
하였습니다. 독일어는 교환학생을 갔던 적이 있어 누구보다 자
신 있습니다." 등등.

2) 본 면접관의 질문에 두괄식으로 답한 뒤에도 좀 전에 타 면접관이
다른 피면접자에 질문한 내용이 본인의 장점과 맞았을 때는 본인의
장점을 한 번 더 어필하라.

"저는 그런 이상을 가지고 있습니다. 그리고 좀 전에 A 면접관님
께서 B 피면접자에게 질문하신 경험을 저는 해외 인턴 시절 1년

간 직접 경험한 바도 있습니다." 등등.

3) 자신감과 차별화를 충분히 어필하라. 면접관은 학력과 스펙을 이미
보면서 평가를 준비하고 있을 테니 본인의 숨겨진 장점과 차별적 경
험을 기본적 질문에 덧붙여 짧게 강조하라.

"저는 비록 지방대학을 나왔지만 대학 입학 때부터 물류회사에
입사하려고 물류 자격증은 물론 인턴도 물류회사에서 하였고,
게다가 SCM을 부전공으로 학점을 이수하였습니다." 등등.

3. 경력사원 면접

경력사원 면접은 학력과 스펙, 경력이 공개된 면접을 보게 된다. 주로
다대일 면접이 많고 다대다 면접도 가끔 있다. 면접의 기본 요령은 위에
서 언급한 것을 참조하고, 조금 더 특징적인 것을 경험을 토대로 요령을
밝혀 두고자 한다.

1) 지원할 회사의 경력직 소요 목적과 의도를 정확히 파악해서 지원하
라.

재무전문가를 뽑는데 본인은 회계 경험만 있다면 실패다. 유통
물류 전문가를 뽑는데 해송물류 전문가의 지원은 디테일 측면에
서 안 맞다.

2) 목적과 의도가 맞았을 때 5년~8년 정도의 경력직을 채용하는 피면접 요령은 그 분야 최고 전문가임을 역설하되, 전문 영역을 넓히던 中임을 강조하라. 왜냐면 후일 관리자로 쓸 수 있는 인재인가를 보기 때문이다.

재무가 전공인데 현재는 회계영역도 경험하고 자격증도 취득했다. 딱 뽑는 분야인 海運 분야가 전공인데 글로벌 포워딩(Global Forwarding) 분야도 경험을 쌓고 있다. 등등.

3) 3년~5년 사이의 단순 경력자를 뽑을 땐 피면접자는 종전회사보다 이직회사가 본인이랑 장래면에서 더 맞음을 강조하라.

종전 회사는 초대기업이라 재무밖에 배울 수 없었는데 이 회사는 재무와 회계를 다 경험할 수 있어서 저의 각종 자격증을 다양하게 활용이 가능하다. 종전회사는 포워딩 회사인데 이번 지원회사는 종합물류기업이라 전공을 충분히 살릴 수 있어서 지원했고 취득한 다양한 물류 관련 자격을 살리고 싶다. 등등.

4. 결론

신입이든 경력이든 회사의 면접관은 진취적이고 도전적이며 능력 있는 인재를 채용하려고 할 것이니, 도전하는 피면접자는 본인의 진취적이고 도전하는 자세와 능력을 최대한 예의를 갖추면서 자신만의 특징을 덧

붙여 어필하는 데 주력하면 될 것이다.

〈대학원 면접을 앞두고 담소 나누던 시절〉

재테크와 주식 이야기

내가 대학을 졸업하고 직장 생활을 할 무렵엔 주식이 그렇게 대중화되지는 않았었다. 그렇지만 지방의 D증권사에 내 계좌를 개설하여 대학 때 제대로 못해 본 주식거래를 소액을 넣어서 경험은 해 봤다.

그런데 일 때문에 객장을 못 나가니(지금처럼 모바일거래가 안 되던 시절.) 전화로 진행하는 주식거래는 매번 기관의 정보력에 손해 보기 일쑤였다. 짧은 기간에 소액이지만 투자원금을 거의 다 잃고는 직장 생활을 하며 주식 거래는 하지 않기로 다짐하였다.

그 당시 내 주위에도 많은 직장인들이 주식으로 용돈벌이하려다 손해 본 얘기가 주류였다.

개인이 기관을 못 이기는 게임이었다. 어떤 이는 주식 관련 책을 사 보며 그래프를 공부하지만 100% 그대로 되지 않는 게 주식이었다.

우리 회사도 1988년 상장한 뒤 우리 사주를 받았으나 주식거래가 불편하여 우리 사주 외엔 관심도 두지 않게 되었다.

세월이 많이 흘러 객장의 안내판이 사라지고 인터넷 거래와 모바일 거래에다 수수료도 천차만별인 지금은, 펀드와 해외주식 투자는 물론 비트코인 거래까지 너무나도 다양한 재테크의 수단과 방법이 존재한다.

최근에는 은행 예금금리가 너무 낮고 부동산도 너무 올라서 돈이 갈 곳이 없다. 그러다 보니 동학개미와 서학개미들의 주식광풍과 비트코인 투자자들의 바람이 불고 있다.

난 그래서 주위에서 누가 주식 얘기를 하면, 직장인들은 근본적으로 주식을 하지 말라는 뜻으로 여윳돈이 있으면, 다음의 4가지 중에서 한두 가지를 매수하고 1년에 한두 번 또는 묻어 두고 본인의 본업에 더 집중하라고 조언한다.

1. 지속가능한 미래비전 성장기업
2. 시가 배당율 높은 (D증권사 등) 주식 우선주
3. 자기가 너무 잘 아는 회사 주식
4. 한국이든 미국이든 미래성장 혁신기업 ETF 등

※ ETF(Exchange Traded Fund): 인덱스펀드를 거래소에 상장시켜 투자자들이 주식처럼 편리하게 거래할 수 있도록 만든 상품.

부동산과 재테크

나는 사실 직장 생활을 하며 부동산 이런 걸 할 시간이 없는데도 부동산 재테크는 절반의 성공은 거두었다. 내용은 이렇다. 포항에 전세로 살때 서울 발령이 나서 바로 이사를 왔다. 부족한 전세금은 내 적금통장을 맡기고 빌렸다.

이사를 몇 번 전세로 하다 몇 년 뒤 조그마한 서울 변두리 25평 아파트를 샀다. 조금 오르다 얼마 뒤 IMF가 터지자 다시 내가 매입한 가격으로 떨어졌는데 더 좋은 아파트들이 더 떨어졌다. 그때 나는 지방에서 근무 중이었는데 이사를 계획하고 있었다.

그런데 본사가 중계동이나 어딘지 모르는 곳으로 이전을 계획 중이라고 하는 것을 알게 되었다. 고민 끝에 서울 중구에 집을 사면 본사가 어디로 이전해도 괜찮을 것 같아 중구에 사는 직원들에게 물어서 발품을 팔았다.

새 아파트가 곧 입주인데 마음에 들었고 그것도 남산의 N타워가 바로 보이는 로얄동 로얄층을 프리미엄을 주고 사는 거였다. IMF가 터져 프리미엄이 많이 하락한 상태여서 가능했다.

난 분명 가진 돈보다 더 빌려야 최종입주가 가능했는데도 국내은행보다 더 장기저리로 빌려주는 홍콩상하이은행(HSBC)과 30년 원리금 균등상환으로 일을 저질러 버렸다. (현재는 국내 시중은행이 다 가능해서 HSBC은행의 국내영업부는 철수함.)

이사 후 지방에서 가끔 집에 오면 서울을 상징하는 남산의 N타워가 밤에 불빛을 환하게 비출 때는 마치 꿈인 양 좋았다. 본사가 중구로 이전을 하면서 집과는 너무 가까워서 더 좋았다. 3년을 살고 양도소득세 면세 시점에 애들 학군 좋은 곳으로 또 한 번 이사하기로 결심을 하고 지방에서 주말에 집에 오는 날엔 돈에 맞출 생각에 강동구 쪽으로 발품을 팔다 이왕 이사하는 것 또 일을 저지르자고 결심하고 강남구 학군 좋은 아파트를 알아보았다.

중구의 아파트는 매물로 내어놓자 역시나 그 당시 최고 시세를 불러도 바로 나갔다. 로얄동 로얄층 프리미엄은 환금성이 탁월함을 다시 느꼈다.

그래도 2억 원을 들고 5억 원짜리 강남 아파트는 부담이어서 전세를 알아보던 중 급매물로 나온 아파트를 네고를 잘하여 사는 걸로 일을 저질러 버렸다. 이때도 홍콩상하이은행의 30년 원리금 균등상환이 그런 용기를 주었다.

지금까지 19년째 살고 있는데 일생의 최고의 선택이었다. 강남의 똘똘한 한 채인 셈이다. 물론 시간을 내어 부동산에 몰두하였으면 더 재테크를 잘할 수도 있었겠지만 그러면 직장에 전념할 수는 없었을 것이다. 현재에 만족하며 월급쟁이로서는 최고의 재테크가 되었다.

간혹 지방에서 본사로 발령 나서 오는 직원들에게 나는 무조건 내 경험에 비추어 지방 집을 과감히 정리하고 대출을 받아 서울에 아파트를 그것도 로얄동 로얄층을 사라고 얘기하는데 내 말을 들은 직원은 나중에 내게 밥이라도 사는데, 결심을 못 한 친구들은 지금도 전세나 올려 주며 후회하면서 이사를 다닌다.

부동산은 시기와 정부의 정책에 따라 재테크의 수단도 되고 빚덩어리도 된다. 항상 장밋빛만 있는 것은 아니므로 본인들이 잘 판단하여 삶의 안정적 보금자리 개념으로만 접근하면 후회할 일은 없을 것이다.

더블역세권의 중소형아파트가 출퇴근 1시간 이내의 직주근접에 애들 공부시키기 좋은 환경이라면 시기가 변하고 정책이 변한들 내 보금자리의 삶에 무슨 큰 영향이 있겠는가?

기회는 남들이 포기한 곳에

캐나다 토론토대학의 심리학교수인 조던 피터슨의 저서《질서너머
(BEYOND ORDER)》의 인생의 다음 단계로 나아가는 12가지 법칙 중 두
가지를 말하고 싶다.

법칙 4, "남들이 책임을 방치한 곳에 기회가 숨어 있음을 인식하라"와

법칙 7, "최소한 한 가지 일에 최대한 파고들고, 그 결과를 지켜보라"이
다.

이 두 가지 법칙은 그 책의 내용과 딱 맞게 일치 되진 않지만, 사회(직
장)생활을 함에 있어서 직장인들에게도 귀감이 되는 제목의 법칙이라 생
각이 된다.

조직 속에서 사회생활을 하다 보면 남들이 쉽게 책임을 지지 않으려 하
는 까다로운 일이나 또는 책임을 진다고 선뜻 나서기 어려운 업무나 그런

상황이 있다.

그런 업무나 일일수록 성공리에 수행만 잘되면 인정받고 돋보이고 자기를 내세우기 좋은 일들이 되며 좋은 기회가 숨어 있다. 또한 다양한 업무 경험을 쌓는다는 것은 각 업무 단위마다 깊이 파고들어 그 업무를 확실히 실무로써 수행하거나 파악함으로써 비로소 전문가적 경험이 축적되는 것이다.

끝까지 파고들어 성사시키고 내 것으로 경험을 쌓을 때 비로소 조직에서나 사회생활에서 전문가가 되면서 여러 가지 성공할 수 있는 토대가 된다 하겠다.

최근의 사회생활을 하는 직장인들이나 어떤 크고 작은 조직의 구성원들은 남들도 쉽게 다 하는 쉬운 일들에만 매달리거나 또는 한 가지 업무도 깊이 파고들지 못하여 이것도 아니고 저것도 아니어서 믿음직하게 뭘 하나 제대로 맡기지 못하는 경우가 많다.

즉, 사회생활의 성공의 열쇠는 남들이 쉽게 접근하지 못하는 까다롭고 어려운 일에 기회가 존재하며, 깊이 파고들어 내 것으로 경험을 충분히 축적함으로써 좋은 결과가 많이 얻어진다 하겠다.

〈부산항 수출입 컨테이너 하역 장면〉

베스트,
ＢＥＳＴ가 되라

인터넷이나 좋은 글이라고 친구들이 올려준 내용 중에 내가 사회생활을 하는 직장인들에게 베스트라고 느낀 글 하나를 소개해 볼까 한다.

이 글은 미국의 시각장애인으로 베스트셀러 작가이자 성공한 기업가인 짐 스토벌(JIM STOVALL)이 쓴 책 《오늘이 그날》이다.

《Today is the Day!》의 성공을 끌어당기는 결정적 순간 총 72가지 이야기 중의 Story 60번째 나오는 내용을 대부분 인용하였다.

이 글은 내가 젊은 직장인들에게 하고 싶은 얘기였고 또 나도 그렇게 직장 생활을 해 왔다고 자부하는 내용이었다고 이해해 주었으면 한다.

자신의 하는 일에서 '최고' 즉, 베스트(Best)가 된 사람은 주위 사람들과 사회로부터 인정과 존경을 받으며 살게 된다.

자신의 일에서 '베스트' 즉, 최고가 되기를 원한다면 먼저 베스트의 영어 단어가 구성하는 각 요소들을 정확하게 이해할 필요가 있다.

베스트의 첫 번째, 'B'는 균형(Balance)을 의미한다.
이것은 우리의 삶을 안정적으로 유지할 수 있게 해 주는 요소라고 할 수 있다.

직장이나 사회의 포지션 등에서 아무리 큰 성공을 거두었다고 하더라도 인생을 구성하는 다양한 분야에서 균형 잡힌 성공을 이루지 못했다면 결코 그의 인생은 성공적이라 할 수 없다.

베스트의 두 번째, 'E'는 열정(Enthusiasm)이다.
열정은 우리가 이 세상에 태어나 처음으로 세상 공기를 들이마신 순간부터 우리 눈앞에서 관 뚜껑이 덮이는 순간까지 인생의 매 순간 필요한 요소이다.

만약 당신이 자신의 인생 목표나 현재 하고 있는 일에 조금도 열정을 느끼지 못하고 있다면 당신에게는 분명 변화가 필요한 것이며, 당장 당신의 태도를 바꾸어야 한다.

베스트의 세 번째, 'S'는 집중력(Single-mindedness)을 뜻한다.
이것은 매 순간 자신에게 주어진 단 한 가지 일에 집중할 수 있는 능력이다. 일을 할 때는 일에 집중하고, 놀 때는 노는 것에만 집중해야 한다.

즉, 어떤 일을 하든 그 순간만큼은 자신이 선택한 그 일 하나에만 오직 온 관심과 애정을 집중해야 한다는 것이다.

마지막으로, 'T'는 끈기(Tenacity)이다.

어떤 일이든 끈기를 가지고 계속하다 보면 언젠가는 성공에 이른다. '끈기'의 힘을 잘 알고 있었던 윈스턴 처칠은 역사에 길이 남은 다음과 같은 말을 남기기도 했다.

"포기하지 마라, 절대로 포기하지 마라, 절대로!"

'베스트' 즉, 그 영어 단어가 주는 각각의 의미를 다시 새기고 베스트가 되기 위한 노력을 시작하라. 그러면 언젠간 베스트로 최고의 인생을 살고 있는 자신을 발견하게 될 것이다.

워라밸과 직장 생활

일과 삶의 균형(Work-life balance), 즉, 워라밸과 직장 생활을 잘하는 것이 공존할 수 있는가?

많은 현대의 직장인들에겐 관심과 고민, 갈등과 숙제의 하나일 것이다. 예전의 직장문화에선 거의 불가능했다고 보면 된다. 예전의 직장 상사는 본인보다 먼저 퇴근하고 늦게 출근하는 부하 직원을 별로 좋아하지 않았다.

그리고 인터넷이나 웹 환경이 아니었으므로 모든 중요한 정보는 윗선일수록 많았기 때문에 부하 직원이 가진 정보는 실무정보 외엔 정보가 단절된 이유도 한몫을 했다.

즉, 윗사람이 부하 직원에게 배울 게 별로 없었다. 그동안의 경험으로 지시만 잘하면 된다. 막 진행 중인 실무 정보는 회의를 통해 보고받으면 된다.

지금은 어떤가?

윗사람일수록 IT나 모바일 활용기능은 젊은 부하 직원들에게 물어볼 게 더 많아졌고 IT기술 및 웹과 모바일 환경의 발달로 부하 직원이 정보를 더 많이 알게 되었다. 그런 연유로 코로나19 상황에서 메일과 SNS, 모바일 활용, 노트북으로 영상회의도 하면서 굳이 오프라인의 근무가 아니더라도 재택근무를 통해서 실질적 근무가 이루어지고 있다.

이런 근무환경의 조성은 곧 워라밸의 실천도 가능해지고 있다. 직원들이 회사의 업무에 실질적 성과를 창출하며 본인들의 삶의 밸런스를 동시에 추구할 수 있게 된 것이다. 회사 측면에서도 구성원들이 성과를 충분히 창출하며 일과 삶의 균형이 조화를 이룬다면 굳이 옛날 방식으로 조기 출근과 야근을 요구하고 휴일 근무를 명령할 필요도 없는 것이다.

아무튼 그런 IT와 각종 통신기술의 발달로 직장 내 근무의 개념도 법의 개선과 의식이 전환되면서 직장인의 일과 삶의 균형이 성큼 다가왔다. 예전의 고된 직장 생활 우위의 근무환경에서 이젠 최근의 근무환경을 잘 활용하여 각자의 주어진 임무에 최선을 다하면서 개인의 삶에도 균형을 맞추며 생활할 수 있게 되었다.

Level-headed person

직장 생활을 하다 보면 '난 저 사람과는 절대 일을 같이 못 해, 난 저 투자는 절대 반대야, 나하고는 안 맞아, 난 절대 그렇게 못 해~~!' 그런 직장인이 있는 조직은 그 사람으로 인하여 업무의 추진에 많은 걸림돌이 생긴다. 특히 그 사람이 중간관리자 이상이라면 더욱 그렇다. 그 사람이 나쁘다는 건 아니지만 누가 어떤 사안으로 그 사람을 설득을 못 하게 되니 업무를 더 진행하기 어렵게 된다.

조직의 구성원은 서로의 조율을 통해 합리적이고 발전적인 방향을 찾는 노력을 해야 하는 것이지 고집으로 업무를 처리해 나갈 수만은 없는 것이다.

한 개인의 소신과는 다른 개념이다. 구이경지(久而敬之)란 말이 있다.

세상에서 가장 힘든 일 중 하나가 바로 '인간관계'이다.

주위 사람들과 조화로운 상태를 유지하면서 서로 배려하고 존중하며 살아간다는 것은 말처럼 그리 녹록한 일이 아니기 때문이다. 부모와 자식 간의 원만한 관계, 형제간의 우애, 직장 상사와 부하 직원 간의 화합이 모든 것이 인간관계에서 비롯된다는 것이다.

아무리 크게 출세를 하고 돈을 많이 벌어도 주위 사람들과 인간관계가 원만하지 못하면 그 성공이 아름답다고 말하지 않는다.

논어에 보면 관계를 원만하게 유지하기 위한 가장 중요하고도 효과적인 방법으로 '구이경지(久而敬之)'의 자세를 제시하고 있다. 그 원만한 관계의 핵심은 '공경과 균형감각'이라고 힘주어 강조하였다.

안평중 선여인교 구이경지(晏平仲 善與人交 久而敬之)

안평중이란?
사람은 주변과 좋은 관계를 유지하고 있다. 그것은 주변 사람과 오랜 시간을 교류해도 서로 공경하기 때문이다.

'구이경지'란?
오랜 시간이 지나도 공경을 잃지 않는다는 뜻이다.

처음에 좋게 맺어진 관계도 시간이 지날수록 피차 공경하는 마음을 잃고 막 대하는 경우가 종종 있다. 아랫사람이라고 막말을 하고, 오래 사귄 친구라고 공경하고 균형감각의 마음을 잃고 아무렇게나 대한다면 그 관계가 원만하게 지속될 수 없다.

세상을 산다는 것은 결국 좋은 인간관계를 맺고 유지하는 것이다. 그러므로 세상을 올바르게 살아가는 비결이란 서로가 서로를 공경하며, 배려하는 마음을 갖고, 균형 감각을 가진 아름다운 인간관계를 유지하는 것이다.

치폐설존(齒弊舌存)

중국의 사상가이며 도가 철학의 시조인 노자(老子)가 눈이 많이 내린 이른 아침에 숲을 거닐고 있었다. 그때 어디선가 요란한 소리가 들렸습니다. 깜짝 놀라 고개를 돌려 보니 굵은 나뭇가지가 부러지며 땅에 떨어져 있었다. 처음에는 구부러짐이 없이 쌓인 눈을 지탱했지만, 점차 무거워지는 눈의 무게를 감당하지 못하고 결국 부러진 것이다.

반면 이보다 가늘고 작은 가지들은, 눈이 쌓임에 따라 자연스레 휘어져, 눈을 아래로 떨어뜨렸고, 다시 원래대로 올라와 본래의 모습을 유지하고 있었다.

이를 본 노자는 깊이 깨달았다.

"저 나뭇가지처럼 형태를 구부러뜨림으로써 변화하는 것이, 버티고 저항하는 것보다 훨씬 더 나은 이치로구나!"

이것이 치폐설존(齒弊舌存)이라는 고사성어의 유래이다.

즉, 부드러움이 억셈을 이기고 약함이 강함을 이기며, 혀는 오래 가나, 이는 억세어서 부러진다는 것이다 또, 주먹보다 부드러움으로 사람을 대하면, 돈독한 정으로 돌아온다는 뜻이다.

그러니 우리는 상처받기 쉽고 상처 주기 쉬운 각박한 삶 속에서도 부드러움을 잃지 않는 삶이 되어야 한다. 그리고 빠르게 변화하는 시대의 조류를 안전하게 항해하기 위해선, 침착하고 신중하며 융통성 있게 발맞춰 나가는 유연한 태도와 사고를 갖춰야 한다.

더욱이 이 유연한 사고를 갖기 위해서는, 자기주장만을 내세우는 경직된 자세에서 벗어나, 타인을 수용하고 생각의 폭을 넓히기 위한 끊임없는 노력이 필요하다.

링컨 대통령은 자기를 비하하고 끝까지 반대하던 스탠튼 변호사를 모두의 반대에도 불구하고 국방장관에 임명하여 남북전쟁을 승리로 이끌었으며, 스탠튼은 그런 링컨의 균형 잡힌 인격을 존중하고 충성과 의리를 다하였다.

19세기 미국의 저널리스트 헨리조지는, "우리는 언제나 세상을 바라보는 안목을 바꿀 준비가 되어 있어야 하며, 편견을 버릴 준비가 되어 있어야 하고, 마음을 열고 살아갈 준비가 되어 있어야만 한다. 바람의 변화를 전혀 고려하지 않고 똑같이 고집하며 항해하는 선장은 결코 항구에 들어가지 못하는 법이다."라고 말했다.

조직의 구성원이 되면 소신도 중요하지만 신중하고 침착하며 상대의 생각도 때론 수용할 수 있는 균형 잡힌 감각이 무엇보다 더 중요하다. 다 같은 목표를 향해 나아가는 데 또 다른 내부 조직의 걸림돌이 되어선 곤란하다.

식지 않는 열정으로 불태우라

호두 과수원 주인이 신을 찾아와 간청을 했다. "저한테 한 번만 1년 날씨를 맡겨 주셨으면 합니다."

"왜 그러느냐?"

"이유는 묻지 마시고 딱 1년만 천지 일기 조화가 저를 따르도록 해 주십시오." 하도 간곡히 조르는지라, 신은 호두 과수원 주인에게 1년 날씨를 내 주고 말았다.

그래서 1년 동안의 날씨는 호두 과수원 주인 마음대로 되었다. 햇볕을 원하면 햇볕이 쨍쨍했고, 비를 원하면 비가 내렸다.

바람도 없었다. 천둥도 없었다. 모든 게 순조롭게 되어 갔다.

이윽고 가을이 왔다. 호두는 대풍년이었다. 호두 과수원 주인은 산더미처럼 쌓인 호두 중에서 하나를 집어 깨뜨려 보았다.

그런데 이게 웬일? 알맹이가 없이 텅 비어 있었다.

다른 호두도 깨뜨려 보았다. 비어 있기는 마찬가지였다.

호두 과수원 주인은 신을 찾아가 이게 어찌 된 일이냐고 항의하였다. 그러자 신은 빙그레 웃으면서 이렇게 대답하는 것이었다.

"이봐, 시련이 없는 것에는 그렇게 알맹이가 들지 않는 법이라네. 알맹이란, 폭풍 같은 방해도 있고 가뭄 같은 갈등도 있어야 껍데기 속의 영혼이 깨어나 여문다네."

우리네 인생사도 마찬가지다. 직위가 높아지면서 같이 일하는 직원들을 겪어 보면 저 친구는 과장이 한계이구나, 저 친구는 팀장이 한계이구나 하는 느낌이 온다.

그래서 그런 한계가 오는 듯한 직원들은 다른 업무를 할 수 있는 기회를 주거나 타 지역으로 보내서 매너리즘도 탈피하고 바뀐 환경에서 시련도 이겨 내 다시 열정을 불태우며 최선을 다하도록 해 줄 필요도 있지만 본인들의 마음자세가 더 중요하다.

심지어 임원이 된 후배들 중에는 임원이 되기까지 열정을 불태우며 시련에도 도전하며 최선을 다하던 모습이 임원 이후는 이상하리만치 더 큰 도전을 하기보다 누리려는 경향을 많이 보게 된다.

사실 그때부터는 더 큰 열정을 가지고 더 진취적으로 해 나가야 하는데도 불구하고 엉덩이가 무거워져 버린다. 그래서 대부분 상무 직급에서 직장 생활을 마친다. 열정이 한순간이라도 식으면 도태된다.

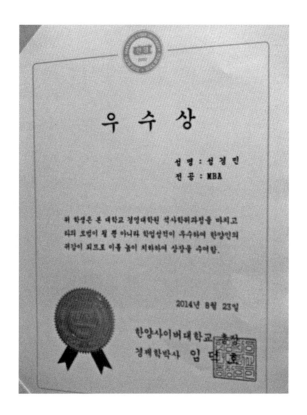

이런 立志傳的 인물도 있다

우리 동방 출신 중에는 입지전적 인물이 몇 분 계신다. 그중 평범했던 한 분을 소개함으로써 일반 직장인들의 가슴을 뛰게 하는 성취의욕을 불러일으키고자 한다.

내가 포항에 영업 1계장 시절(1989. 8.~1991. 12.)에 지사 내에 일반 채용으로 입사하여 부두 현장에 근무하다 총무팀 막내로 지사에 올라온 친구가 한 명 있었다. 그의 兄도 동방포항 지사의 현장에 근무하고 있었는데, 형제가 같은 회사를 다닌 셈이다. 내게는 "성 계장님." 하며 친근감을 보였고 지사의 궂은일은 도맡아서 다 처리한 참 성실한 직원이었다.

1991년 말 나는 서울의 그룹 종합기획조정실로 발령이 나서 헤어졌고 또다시 해운 업무를 맡아 광양 근무와 서울 본사를 오고 갈 무렵 그 친구가 새로 만든 지 오래지 않은 종합기획조정실 내 홍보팀으로 발령이 나서 왔다.

나중에 들은 얘기이지만 개인적 사정으로 포항을 떠날 수밖에 없는 사정이 있었다고 들었으며, 홍보실의 궂은일도 도맡아 처리하며 출입하는 기자들과의 친분이 동기가 되어 야간 대학을 다녔고 졸업했으며, 성균관 대학원 언론학 석사학위에 이어서 박사학위까지 받고 졸업을 하는 등 개인적 노력을 한순간도 게을리하지 않았다.

어느 날은 언론사 취직을 제안받고 우리 회사를 떠났는데, 그 후 국회의원 보좌관을 거쳐 서울시장 캠프에 들어갔으며, 서울시장님이 대통령이 되시면서 청와대로 들어가 인사 담당 수석을 지냈고 최종 언론을 담당하는 청와대 춘추관장까지 역임하게 되었다. 그 후 지방대학의 부총장과 대학교에서 교수로 활동하였고 국회의원도 출마하고 언론의 메인 앵커로도 활약을 했다.

저서도 여러 권 집필하며 방송의 논객으로도 활동하는 이분을 나는 옛날 막 부르던 이름으로 부르고도 싶은데 이제는 너무 높은 분이 되셨다.

내가 아니 우리 동방이 자랑하는 立志傳的 인물이 되셨으며, 지방에서 채용되어 부두에서 단순 감독의 일을 하던 한 일반 직장인이 피나는 노력으로 박사가 되고 청와대 춘추관장을 하고 대학 교수가 되었는데, 이 글의 주인공보다 더 나은 우리의 일반 직장인들은 이만큼 노력하면 못 될 게 뭐가 있을까 되묻고 싶다.

죽도록 안 풀리면 개명(改名)해 보라

살면서 하는 일마다 잘 안 풀리고 꼬이거나 좌절하게 되는 경우가 많으면, 개명(改名)을 해 보길 권한다. 타고난 사주는 바꿀 수 없지만, 일생의 변화를 모색해 보는 좋은 기회가 될 것이다.

앞서 나의 성명학 지식에 대해 기술한 바 있다. 요즘은 예전 같지 않게 개명하기가 쉽다. 개명 사유를 법원 양식에 의해 첨부서류와 같이 지역 법원에 신청하면 1개월에서 2개월 정도면 된다. 지역에 따라 다르지만 이를 도와주는 법무사들도 있다.

단, 개명을 위해 작명을 할 때 정말 잘해야 한다. 작명소나 철학관 같은 곳에 의뢰해서 지은 이름도 수리운은 좋은데 음양오행이나 자오행 수리 오행을 조화롭게 맞추지 못한 이름도 많다.

이왕에 개명하기로 했다면 유능한 철학관이나 작명소에 가서 사주나 돌림자를 주고 작명이 되면, 수리운과 음양오행, 자(字)오행, 수리오행이 어떤 배합과 운(運)으로 作名이 되었는지를 서류로 받고 확인을 해서 개명 신청을 하라고 권하고 싶다.

나는 개인적으로 작명 의뢰를 받으면 해 주는 편이다. 독자들이 이 책을 읽고 혹시 개명을 해야겠다고 결심하면 작명을 해 주거나 작명해 온 이름이 어떤지는 봐줄 수 있다. 이름은 평생 불리는 그 사람의 색깔이요, 정신이며, 영혼도 깃든다. 반려견 등의 동물도 자기가 불리는 이름대로 산다.

모든 걸 運에 기대어서도 안 되겠지만 좋다는 이름으로 改名하고 變化를 모색하고 또 좋다고 믿고 자신 있게 살아가는 것도 하나의 좋은 방법이라고 생각한다.

임원이 최종 목표인가?

대개 상장법인의 대기업에 사원으로 취직을 하여 임원이 되기는 하늘의 별따기요, 軍에서 장군이 되는 것과 버금간다고 이야기할 정도로 임원은 기업의 꽃이다. 그런데 임원이라고 다 같은 임원이 아니다. 임원 직급에는 여러 단계가 있다.

회사마다 조금씩 다르지만 이사보, 이사, 상무보, 상무, 전무, 부사장, 사장, 부회장, 회장 등으로 승진하는 절차를 갖추고 있을 것이다.

사원에서 열심히 노력하고 성과를 내어 임원이 되는 것은 하늘의 별따기이다. 하지만 기업의 입장에서 사원이 임원으로 승진되면 상급자의 지시나 간섭이 줄어들고 전결사항도 많아지면서 임원 고유의 창조적인 성과를 기대하게 된다.

그런데 대개 임원이 되면 사회생활의 목표를 달성한 것처럼 그때부터 그동안 고생한 직장 생활에서 뭔가 누리고 즐기려 하는 마음을 가지는 후배 임원들을 많이 보았다.

그래서 기업들의 임원이 퇴임하는 직급을 보면 대개가 상무이사 직급에서 대부분 퇴임을 하게 되는 것을 볼 수 있다. (물론 기업마다 조금씩의 차이는 있다.)

회사가 임원에게 많은 혜택과 전결권한을 부여하는 것은, 임원으로서 새로운 목표와 창의적인 성과 창출을 위해 더 노력하고 매진하도록 회사는 기회를 준 것이다. 그런데 누리려고 안주하는 마음을 갖게 되는 순간 임시직원(임원의 약자라고 우스개 같은 진실)으로 잠깐 후배 임원에게 바통을 넘기고 쓸쓸하게 퇴임의 쓴잔을 마시게 되는 것이다.

나와 같이 근무한 후배들은 임원이 되면 새로운 도전을 하여 주어진 권한을 최대한 활용하여 창의적인 성과를 창출함으로써 마지막 포지션까지 도전해 보기를 강력히 희망해 본다.

제5장

世俗에서

43년 일기장

1979년 2월 고등학교를 졸업하던 그해 1월부터 죽을 때까지 나의 삶에 대한 일기를 쓰기로 마음먹고 43년째 실천하고 있다.

일기를 쓰기 시작할 무렵엔 감수성이 예민한 20대 초반의 대학생이라 거의 매일 숙제하듯 연애하듯 썼지만, 지금은 나의 자서전에 기록을 남기듯 일주일치를 몰아서 쓰고 있다.

일기를 쓰면서 맨 위에는 이다음에 쉽게 찾을 수 있도록 그 페이지의 중요한 일정이나 사건, 중요한 내용을 제목같이 짧은 단어로 요약해서 적어 둔다.

아무튼 현재까지 40년 이상 쓰고 있는 이 일기장을 바탕으로 나의 자서전을 쓰는 것 또한 나의 버킷리스트 중 하나이다.

우리나라는 조선왕조 500년 실록을 보유한 기록과 역사의 자랑스런 민족인데, 한 개인이 살아가면서 매일 자기 삶을 중심으로 한 기록을 남겨 보는 것도 의미 있는 일이라고 생각한다.

지금이라도 늦었다 생각 말고 시작해 보는 건 어떨까?

일기를 쓰면 삶도 되돌아보게 되고 또 앞으로의 삶도 허무하게 살지 않고 보람되게 살려고 노력하게 되는 자신을 발견하게 될 것이다.

〈나의 초등학교 졸업 사진〉

성삼문, 최치원 혈통

나의 아버님은 창녕(昌寧)본관 정절공파 제24대 사육신 성삼문(정절공파 제10대)의 후손 성득주(成得珠) 님이시다.

장남으로 태어나셨고, 그 유명한 대구 경북여고를 졸업하신 慶州 崔氏 최치원의 후손인 최영애(崔英愛) 님과 결혼하셨다. 두 분은 슬하에 2남 1녀를 두셨는데 그중 장남으로 내가 태어났다.

아버님은 대구에서 공부하셨고 해군에 입대하면서 신혼 생활을 진해에서 하시다 보니 내 고향은 자연스럽게 진해가 되었다. 鎭海는 원래 진해가 고향인 분들보다는 대부분 타지 분들이 해군과 연관되어 제2의 삶의 터전이 진해가 된 분들이 많다.

그래서 서로 고향을 떠난 분들끼리 어려운 삶을 이해해 주고 다양한 문화를 받아들이며 살아가는 깨끗한 계획도시이다. 심지어 지금까지도 입

〈아버지, 어머니와 형제자매, 1965년〉

학시험으로 학생을 선발하는 나의 母校 진해고등학교는 경상남도에 있는 많은 중학교의 우수생들이 지원해서 입학시험을 치며 다닌다.

학교 다닐 땐 잘 몰랐는데 사회에 나와 고교 동창생들을 만나 보니 그들의 고향이 대부분 경상남도의 시골 중학교 우수생들이었음을 최근에야 알게 되었다. 나는 성장하면서 고향의 다양성과 아버님으로부터 받은 사육신 핏줄인 바를 정(正) 자가 아니면 누가 뭐라고 생각하든 절대 아닌 그런 정신이 내 몸속에 살아 있음을 느끼고 살았다.

어머니는 대도시인 대구에 사시다 결혼하면서 소도시인 진해에 와서 살고 계셨지만 경주 최씨 최치원의 후손에 대구 경북여고 출신으로 저명한 동창생들이 많이 계셨다. 지금은 두 분이 진해 천주교 공원 묘역에, 뒤로는 웅장한 장복산이요, 앞으로는 천혜의 아름다운 진해 앞바다가 보이는 명당자리에 나란히 계시지만, 살아 계실 때 여러 가지로 잘해 드렸음에도 뭔가 아쉬운 마음이 항상 든다.

나는 그런 두 분의 영향으로 개구쟁이로 자라면서도 글 쓰는 것을 좋아했고, 균형감각을 가지려 노력하였으며, 바를 正 자가 아니면 행동하지 않았고, 불의를 보면 참지 못하고 도와주는 성향을 가지게 되었다.

〈어머니 회갑 기념〉

장학금과 막걸리

나는 대학교와 사회에 나와서 다닌 한양사이버 대학교 대학원 MBA(경영학 석사) 모두를 장학생으로 다녔다.

고등학교 다닐 무렵 잘살지는 못했지만 못살지도 않았다. 어느 날 우리집의 가장이신 아버지가 외항선 배를 타시던 중 크게 다치셔서 부산에 있는 대학병원에 입원하게 되었다. 어머니도 교통도 좋지 않던 그 시절에 아버지 간호차 자주 집을 비우게 되면서 집안 경제가 급속히 악화되었다.

장남이었던 나는 학비는 어떻게라도 자력으로 해결해야 한다는 마음으로 대학을 낮추어 장학금을 타며 다녔다. 그런 마음이 사회에 나와서 대학원 다닐 때도 집안 경제에는 부담을 주지 않아야 한다는 마음으로 장학생으로 무사히 잘 마칠 수 있었다.

지금 생각해 보면 미국으로 식구들을 다 데리고 이민 간 대학 동창 최홍섭 등과 장학금 턱으로 막걸리 마시며 나눴던 교분과, 예비역 한정수 兄과 한국전력에 장학생으로 추천되어 그 추운 겨울에 시험 보러 갔던 추억이 지금도 정겨운 교분으로 남아 추억의 만남으로 이어지고 있다.

NYK의 한강석 씨와는 무역영어 시간에 같이 수업을 받으며 경제학도와 영문학도의 자존심을 건 무역영어 1~2등을 다투었다. 그 시절의 장학금과 막걸리의 추억으로 지금도 같은 물류인으로 만나고 있음에 감사드린다.

한양대학원의 원우들과는 장학금 턱으로 술 한잔 내며 졸업 이후에도 모임을 만들어 내가 회장을 맡아서, 그들과 소속 회사(삼성전자, LG전자, 현대제철, 공무원, 연구직, IT, 금융계, 유통계, 통신 분야 등등)의 정보를 교류하며, '삼국지형제(5명)'라 불리는 소모임은 물론 대학원 교수들과의 인연이 회사 업무에도 도움이 되면서 지금도 잘 이어 가게 되어 좋은 인연이 되고 있다.

동방의 후배들에게도 장학생이든 아니든 사회생활을 하면서 본인들의 배움과 학업의 끈은 놓지 말고 꾸준히 이어 가길 주문해 본다.

동방그룹 공채 3기로

1986년 초 대학을 졸업하고 고향 진해 시립도서관에서 취직 준비를 하던 때 도서관에 자주 와서 얼굴이 익은 한 사람을 만났다.

졸업 직후인 2월에 많은 회사들이 신문 등에 대졸 공채 모집광고를 낸다. 나도 두세 곳 입사모집 요강에 맞추어 취직 준비를 하면서 서류를 제출하고 시험과 면접을 준비하였던 때다. 서로 정보교환도 하는 등 안면이 있는 한 분과 서류전형은 통과되어 3월 말경 동방그룹이란 회사의 서울 모 여자 상업고등학교 입사 필기시험 전형에서 만났다. "여긴 어쩐 일입니까?" 서로 놀랐고 시험을 치른 뒤 차비를 받아 다시 진해로 내려왔다.

난 그때 제조회사 한 군데도 합격하여 면접을 대기하고 있던 터라 동방그룹의 시험결과를 기다리면서 면접시험도 준비 중이었다. 그 이후 우리는 통성명도 하고 정보도 교환하며 도서관에서 많은 시간을 보냈다. 그분의 형님은 나의 고등학교 대선배이셨고 육군사관학교를 나와서 軍에서 잘나가는 분이었다.

4월에는 필기시험 합격통지와 함께 마포의 불교방송 건물에서 면접시험을 보러 오라는 통지를 받고 그분께도 여쭈니 자기도 연락을 받았다고 했다. 같이 서울행 버스를 타고 가며 둘 다 合格했으면 좋겠다고 얘기를 했다.

난 이미 먼저 면접까지 본 그 제조회사에 최종 합격통지만을 남겨 두고 있었는데 동방그룹은 그때가 최종면접이었다. 면접은 세 단계로 진행되었다. 실무부장들의 단체면접, 주요 임원들과의 영어면접, 사장님과의 단독 최종면접, 면접장에는 많은 필기 합격자들이 와 있었고 분주한 하루였다.

나도 3차 면접까지 잘 보았고 특히 영어면접과 사장님과의 단독면접에서 좋은 점수를 받았다고 생각하고 진해를 내려왔다. 얼마 뒤 그 제조회사에서 최종 합격했으니 입사서류를 준비하여 5월 1일부로 출근하라는 통지를 받았다. 하지만 3차 면접까지 보며 결과를 기다리고 있던 동방그룹을 포기할 수는 없어서 제조회사의 합격은 아깝지만 포기하였다.

5월 초순 동방그룹에서는 최종합격 통지가 왔고 서울 한강호텔에 5월 15일부터 1주일간 그룹공채 신입사원 교육 입문을 준비해서 오라는 거였다. 아차산 워커힐 부근의 한강관광 호텔에 가니 입사동기들이 많이 있었고 진해도서관에서 만난 그분도 나란히 합격하여 서로 깊은 축하의 악수를 나누었다.

서류전형부터 최종합격까지 약 16:1의 경쟁이었다는 소식과 계열사 포함 동방그룹으로는 첫 공채(주식회사 동방으로는 공채 3기)라는 소식도 들으며 열심히 연수를 받았다. 아직은 軍 잔재가 남아 있던 시절이라 아침 6시에 기상하여 체조하고 야간에는 밤 12시에 아차산 극기훈련도 하였다.

신입사원 교육이 마칠 무렵 본인들이 배치될 회사들이 정해졌다. 한 명씩 단상에 올라 포부를 밝히는 마지막 연수 자리에서 나는 지금도 우리 동기들이 많이 기억한다는 그 유명했던 말로 나의 포부를 밝혔다.

"저는 비록 오늘 동방그룹 신입사원 교육을 마치고 배치되지만, 언젠간 꼭 동방의 사장이 되기 위해 이 자리에 섰습니다." 그렇게 교육까지 마친 나는 5월 말 주식회사 동방으로 사령장을 받고 현업에 배치되었다.

일모도원(日募途遠)

나는 입사 3년 만에 보직 계장(3갑)이 되다 보니 시간 외 근무가 있어도 수당은 받지 못하였다. 지금 3갑은 그냥 대리라 부르며 사원보다 조금 고참인 막내를 갓 벗어난 수준의 담당일 뿐이고, 30년 전 3갑이나 똑같은 직급인데 보직자와 비보직자의 차이로 지금의 팀장과 같은 역할을 입사 3년 2개월 만에 맡게 되었다.

그것도 훨씬 큰 지사로 발령이 나면서 보직계장이 되었으니 심적 부담이 어마어마했다. 업무상 지식이나 경험이 부족하여 매일매일 조기출근하여 현장 돌아보고 낮에는 거래처 다니고, 소속 직원들이 퇴근버스로 퇴근한 이후에는 결재 받으려고 쌓아 두고 간 서류를 남아서 일일이 보면서 계산해 보고 틀린 게 없나 체크하고 의문사항은 접어 두고 잘못된 건 빨간색 표시를 하였다.

신혼 시절이었는데 거의 매일을 밤 11시가 지나서 집에 들어갔다. 일모도원 즉, 해가 져서 늦은 시간 집에 들어가지만 다음 날도 남은 일들은 태산이었다. 주 6일 근무 시절이니 토요일 15시까지 근무 후 계장들은 항상 토요일 야간 지원근무를 들어갔다. 매주 토요일은 계장들은 24시간 근무였던 셈이다. 요즘 같으면 난리가 날 일이었다.

신혼 시절 매주 토요일은 옷만 갈아입고 24시간 근무를 하고 일요일 아침에 퇴근해서 집에 와서 씻고 잠만 자니 어느 신부가 좋아하겠는가?

임원이 되기 전까지의 직원 신분이라는 긴 시간에도 객지에서 격주 주말부부 생활로 밤차를 타고 오가며 늘 일모도원(日暮途遠)이었다.

나는 일찍 임원이 되다 보니 연봉제 급여계약이 되면서 정해진 근무 시간은 있어도 직원들이 말하는 시간 외 근무 수당은 연봉에 포함된 셈이었다. 그런데 출장을 가거나 하면 새벽같이 비행기나 열차를 타기 위해 나가서는 출장 업무를 다 마치고 밤늦게 막비행기를 타고 집에 돌아오거나 열차로 서울에 도착하여 집에 가면 날짜가 바뀐 새벽 1~2시가 다반사였다.

하루 출장인데도 늘 1박 2일 같은 긴 여정을 소화하였다. 싱가폴, 베트남, 중국, 인도네시아 등 해외 출장도 1박 2일이나 2박 3일의 짧은 여정을 남들의 3박 4일 같은 일정으로 소화하며 돌아왔다. 늘 출장에서 돌아오는 느낌은 일모도원(日暮途遠)이었다.

날은 저물어 밤은 깊었지만 출장 다녀온 일도 정리를 해야 했다. 출장으로 하루 자리를 비운 업무도 밀렸으니, 몇 시간 자지 못하고 직원들 출근 전에 조용하게 업무를 정리해 두려고 새벽 출근을 하는 그런 생활이었다.

제주 영업소를 만들고 출장을 다닐 때는 새벽 4시에 일어나 첫 비행기를 타고 갔다. 아침은 제주 선사들과 점심은 삼다수 및 관련 거래처와 했고, 저녁은 감귤 거래처와 하고 막비행기로 집에 도착하면 밤 12시가 훨씬 넘었다. 그리고 아침 7시에 어김없이 출근하여 직원들이 출근하기 전 조용한 시간에 출장 다녀온 정리와 밀린 업무들을 처리하였다.

지금도 불가능한 생활은 아니지만 그런 근무를 요즘 직원들에게 똑같이 하라고 할 수는 없는 그런 일정들이었다.

헤드헌터의 제의

2015년 내가 다시 본사 영업본부장으로 발령이 나고 그해 말 어느 날 오후 헤드헌터에게 전화가 와서 큰 회사에 부사장으로 제의를 해 왔다. 내 반응이 시큰둥하자 전화로는 안 되겠으니 꼭 만나겠다고 고집을 하였다. 나는 아침 일찍 출근을 하여 업무 시간 이전이면 좋다고 하니, 그다음 날 아침 7시 전후에 그 헤드헌터가 회사로 왔다.

자초지종은 이랬다. 우리의 물류 동종회사에서 본사에 근무할 영업파트 부사장을 찾는데 자기들이 조사한 바로는 내가 딱 그 경력에 맞다고 너무 좋은 기회이니 무조건 승락을 해 달라는 것이었다.

한 명을 더 찾았는데 그분은 학력이나 나이며 다 좋은데 다양한 경력 면에서 부적합을 받았다고까지 설명을 해 주었다. 그래서 나는 궁금증이 생겨 "그 회사가 어디며 제시 조건을 얘기하면 생각해 보겠다."라고 하니, 절대 누설하면 안 된다며 얘기를 해 주었다.

내가 너무 잘 알고 있는 큰 물류회사이며, 연봉도 그 당시 나의 연봉의 3배를 제시했고 계약 기간은 최소 3년 보장 조건이었다. 오너가 직접 찾고 있다는 얘기도 덧붙였다.

나는 너무 파격적인 제시에 당황하였지만 30년을 한 직장에서 근무해 온 일을 그 자리에서 결정할 순 없다. 시간이 필요하다고 하니 며칠 내에 꼭 좋은 소식 알려 달라며 돌아갔다.

며칠 곰곰이 생각한 끝에 결론을 내고 그 헤드헌터에게 전화를 하여 "난 우리 회사에서 사장이 될 목표를 가지고 근무하고 있으니, 제의도 감사하고 나도 너무 아쉽게 생각하지만 이번엔 아니다."라고 대답을 하니, 그 헤드헌터는 너무 아쉬워하였다.

나중에 보니 그 회사는 결국 적절한 경력자를 못 찾았는지 연말 임원 인사에 지방에서 근무하던 임원을 그 자리에 앉히는 명령을 내었다. 그 후 발령 나서 본사에 온 그분과 가끔 동종사 미팅 때 만나면, 내가 그 자리 간다고 했으면 당신은 지방에서 그 자리에 못 올라왔을 거라는 얘기를 해 주고 싶었지만 하지는 않았다. 그리고 몇 년이 흘러 그분이 그 회사를 그만두게 되었을 때 짧게 얘기를 해 주긴 했다.

나도 그 이후 회사 일에 더 전념하여 최선을 다하자고 다짐을 더 굳게 하게 되었고 그래서 지금의 대표가 되었는지도 모를 일이다. 그때 그 결정을 "헤드헌터가 원하는 대로 했으면 어땠을까?" 하곤 가끔 웃음 짓곤 한다.

아들과 딸을 가지는 방법

대학생 시절의 인기 라디오 프로그램에서 아들과 딸을 선택해서 낳을 수 있는 해외 연구결과를 소개했다가 여론이 안 좋았는지 곧 중단했다. 그 내용을 모 일간지에서 실었는데, 나는 그 방법이 이다음에 필요할 수도 있을 듯하여, 오려서 보관해 두었다.

아마도 남아선호사상이 많이 영향을 미치던 시절이라 그 내용의 확산을 경계한 걸로 추정된다. 요즘은 그런 게 공개되어도 사회적 파장이 그렇게 크진 않을 듯한데, 그 당시는 달랐다.

몇 년 뒤 내가 결혼을 하고 보니 나의 처가가 6녀 1남이었고 처는 그중 장녀인데, 장인이나 장모님은 당신들의 맏딸이 결혼해서 첫아기는 아들이길 바라는 눈치가 꽤 상당했다. 난 사실 첫딸이 더 좋았는데, 그 연구의 방법도 완벽하게 실천했을 때 약 85%의 신뢰가 있다고 하여, 결혼 후 처갓집의 희망도 있으니 아들을 먼저 가지기로 집사람과 얘기하였다.

그래서 약 3개월 동안 준비와 철저히 노력을 하였고 아이가 생겨 궁금했는데 한참 뒤에 아들임을 알 수 있었다. 사실 집사람은 평소 식성이 딱 딸을 놓기 좋은 식성이었는데, 식단을 아들을 가지는 식단으로 완전히 바꿔서 3개월 노력했던 것이었다.

몇 년 뒤엔 집사람 평소의 식습관으로 아이를 가졌고 예상한 대로 딸을 낳았다. 쉽게 믿을 순 없겠지만 난 그렇게 아들과 딸을 원하는 대로 가지게 되었고, 지금도 그때 얻은 정보를 소중히 잘 간직하고 있다.

요즘은 인터넷에서도 갖가지 방법과 속설들이 난무하는데 딱히 신뢰가 가진 않는다. 임신 3개월 전부터 식사의 곡물, 조미료, 과일, 음료 등이 아들과 맞는 식단, 딸과 맞는 식단 이렇게 철저히 지키는 방법이다.

내가 가진 정보를 꼭 필요한 독자가 있다면 공유할지는 생각해 볼 일이다.

〈아들과 딸을 둔 나의 가족사진, 1994년〉

대학원 3개와 인연 맺다

입사 후 초·중반기 지방 근무 시절에 얼마나 바쁘고 힘들었는지 책 읽는 것 외엔 공부라고는 어떻게 할 수가 없었다. 교통도 불편했고 지금처럼 온라인으로 무엇을 하는 환경은 더욱 아니었다. 임원이 되면서 서울에 올라왔을 무렵 고위급 임원님들은 주요 대학의 경영대학원 최고경영자과정인 AMP(Advance Management Program)를 다닐 수 있는 기회를 주었다.

그런데 2006년 하반기 선배 임원 한 분이 업무상 다닐 수 없다고 내게 제안이 와서 뭐라도 배워야 한다고 생각하고 있던 내겐 절회의 기회인지라 흔쾌히 다니겠다고 하고는 원서 접수를 하였다.

고려대 경영대학원 최고경영자과정 제62기에 합격하여 일주일에 두 번 회사 일을 마치고 유명강사의 강의도 듣고 사회에서 저명하고 뛰어난 경력을 가진 동기분들과 교분을 나눌 수 있었다. 총장님 강의도 있었고 대학원 원장님 강의도 들었다.

그 유명하신 이필상 총장님과 장하성 원장님이셨다. 주임교수님은 후일 노동대학원장을 하신 문형구 교수님이셨다. 동기분들의 경력도 화려한 분들이 많았는데 사회에서 저마다의 역할을 하신 분들이었다.

후일 국방부 차관을 하신분과 KBS 〈진품명품〉의 도자기 감정으로 유명하신 분, 신한은행 그룹의 사장님과 한화그룹의 사장님, 농협의 사장님, 코스닥 상장사의 사장님, 인기 개그맨, 유명한 치과원장님, 법원의 부장판사님과 유명한 법무법인의 변호사님들, 정부의 고위 공무원, 발전 자회사의 처장님들, 개인 사업으로 자수성가하신 분들과 대기업의 사장님과 주요임원들이 주류를 이뤘다.

사실 그 속에서 보잘것없는 내가 입학 후 몇 주 뒤에 동기회 결성에서 중요한 보직인 사무총장을 맡았으니 지금 생각해도 큰일을 저질렀다. 결론만 말하자면 고려대 최고경영자과정 제62기 사무총장은 전설이 될 정도로 회사 일 다음으로 졸업 이후까지 3여 년간 정말 열심히 했다. 그리고 일부는 우리 회사 일에도 도움이 된 분들이 있었다. 졸업식 때 나는 많은 상을 받았고 동기분들도 수고했다는 칭찬을 아끼지 않았다.

최고경영자과정을 마치고 보니 각 대학에서는 물류인들의 대학원과정인 물류전문가과정이 개설되어 있었는데 인하대의 GLMP과정과 연세대의 SCMP과정 등이 그것이었다.

난 고려대 AMP과정을 다녔기에 비슷한 과정인 인하대 과정보다는 연세대 상남경영원에서 하는 SCMP(Suppiy Chain Management Program) 물류전문가과정이 저렴하며 물류인들이 논문도 쓰고 토론도 하고 강의도 듣는 실질적인 과정이라 회사에 건의하였고 승인이 안 되면 자비라도 다니겠다고 하였다.

회사에서 승락해 주었고 2008년 회사업무를 마치면 신촌으로 달려가 수업을 들었다. 연세대 상남경영원 SCMP 제18기, 동기들은 대부분 주요 물류회사의 임원들이거나 제조회사의 SCM 담당 임원들이다 보니 우리 회사의 화주분들도 많이 있었다.

졸업 전 논문을 제출했고 그것이 졸업논문집에 수록되었지만 정식 학위과정은 아니었다. 지금도 그 동기들은 같은 업종에 종사하는 물류인들이라 서로 업계에서 자주 만나며 동기 간의 우정과 물류 관련 정보를 교류하고 있다.

그러던 중 산업공학과 교수들이 주축이 된 산학연 SCM학회에 나가게 되었다. 전국의 산업공학과 교수님들과 업계의 물류전문 임원들이 월 1회 정도 모였고 돌아가면서 학계의 논문발표와 업계의 사례발표를 하면서 정보교류를 하였다.

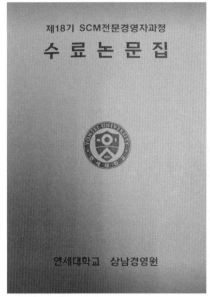

약 1년쯤 되어 나는 학위 취득 욕심이 났고 회사 일도 해야 되고 해서 검토하던 중 한양사이버 대학원의 MBA(경영학 석사)과정에 서류와 면접을 통과하여 2012년 순수 자비로 MBA 3기에 다니게 되었다.

처음 시작할 땐 서울에 근무 중이었으나 다니던 중 포항으로 발령이 나면서 우여곡절을 겪게 되었지만 무사히 2014년 8월 졸업을 하여 석사학위를 취득하였다. 동기들은 대부분 대기업의 과장쯤 되었으며, 나이들도 30대 후반에서 40대 초반이 주류를 이루어 앞의 두 대학원과는 또 다른 면모가 있었다.

사이버과정이었지만 공부 과정이나 학위 취득 시스템이 상당히 알차고 확실했다. 오히려 오프라인 야간 대학원이나 일반 대학원보다 더 세밀히 과정을 관리하고 시스템적으로 잘되어 있었다.

나는 업무 외의 시간에는 학업과 졸업을 위한 필수과정(영어시험 통과, 학점 이수, 필수과목 이수, 일정 수업시간 참석, 논문 또는 추가과목 수강 등)에 몰두하였으며 심지어 가족과 아들 軍에 면회 갔을 때에도 노트북을 가지고 가서 인강수업을 들으며 노력한 덕분에 몇 번의 장학생이 되었고 학점 우수생상을 받으며 졸업하였다.

졸업 후에는 한양 MBA 제3기 회장을 맡아 지금도 학교의 교수님들과 졸업 원우들과의 우정을 나누고 있다. 특히 내가 대학원 다니던 시기에는 우리 집의 아들과 딸도 학교를 다니던 시기여서 아빠가 업무 외 시간에 열심히 공부하던 모습이 자기들에게도 좋은 영향으로 다가왔다고 한다.

코로나19 시기에
대표로 지낸 시간들

1986년 5월 신입 교육을 마치고 직장 생활을 한 이후 나는 회사 내에서 이리저리 옮겨 다니며 근무를 했지만, 본사는 여러 회사를 인수하며 제법 그룹사다운 면모를 갖추고 있을 무렵 동기들이나 후배들은 우리 회사에서 그룹 내 다른 계열사로도 많이 옮겨서 근무를 했다.

한참 성장을 하던 1997년 말에는 우리나라에 IMF 사태가 터지면서 회사도 유동성 위기가 발생하였다. 그룹에서 인수한 건설회사가 어려워졌고 그 보증을 섰던 우리 회사도 유동성 위기를 맞아 그룹의 상징이었던 마포 사옥을 매각하고 워크아웃에 들어가게 되었다. 그 후 2년간 임직원들의 천신만고 노력하여 빠져나오는 일도 겪었다.

2000년대 후반에는 미국발 금융위기가 발생하면서 全 세계는 또 한 번 경제가 휘청거리는 아픔을 겪게 되었고 이를 극복하기 위한 회사의 노력도 필사적이었다.

2019년 6월 나는 갑자기 동방의 대표가 되었는데, 그 전년도의 실적 부진과 전망마저 좋지 않았던 그때의 해결사로 선택되지 않았나 짐작한다. 이는 회사(母企業) 최초로 공채 사원 출신 대표가 된 기록이 되었다.

　　대표가 된 이후 쿠팡의 물류사업 확대 등 영업도 활성화시키고 차입금의 장기저리 금리 유치로 원가 절감도 하면서 드디어 도쿄 올림픽도 예정되어 있는 대망의 2020년을 맞는다.

　　대표 2년 차의 시작인 2020년이 되자 또 전 세계를 강타한 코로나19 바이러스가 발병을 하면서 우리나라를 둘러싼 경제 여건도 급속히 악화되었고 회사도 사업 여건이 최악이었다. 그렇게 전 세계의 최고 이슈로 부각되며 또 다시 시작된 코로나19 상황에서의 세계 경제는 모든 게 중단되거나 연기되었고 사람들의 이동과 모임이 중단되었다.

　　초기의 마스크 대란으로 시작하여 14일간 격리를 비롯하여 각국에서는 치료제와 백신을 조기에 확보하려는 전쟁터가 되었고 결국 사상 초유의 올림픽도 연기가 되었다. 대표 2년 차였던 나로서 회사 경영을 제대로 해 나가기에는 너무 힘들었다.

　　때론 "왜 이런 시련의 시기에 회사 경영을 다 책임지는 대표가 되었나?"고 나의 처해 있는 운명을 원망한 적도 여러 번 있었다. 그렇지만 이것도 운명이라고 받아들이고 영업은 영업대로 경영지원 파트는 파트대로 하나씩 직접 챙기면서 단계별 목표를 조금씩 상향 조정하며 경영을 해 나갔다.

코로나19 첫해인 2020년 시작할 때만 해도 평택컨테이너 터미널 (PNCT)의 운영자 손실보장 약 70억 원이 당사의 영업이익에서 시행사인 I-PORT로 빠져 나가게 되어 있어서, '이자보상배율 1'을 맞추는 게 절대 절명의 과제였다.

그해 5월쯤엔 외부여건은 점점 최악으로 치닫고 있었고 일본, 중국을 오가는 화객선(FERRY船)들은 여객이 없는 운영을 해야 했으며, 세계적 프로젝트들은 대부분 연기되거나 취소되는 상황이었다.

회사의 '이자보상배율 1' 달성 목표도 어려운 때 새로이 개발하며 실적이 올라오기 시작한 쿠팡 물류사업과 TCO 막판의 수익 등으로, 적자였던 일부 사업장의 흑자 전환 등이 계기가 되면서 나는 매출 목표는 물론이고 이익 목표를 상향 조정하면서 경상이익 BEP를 넘겨 보자고 했다.

그때만 해도 우리 임직원들과 지사장, 심지어 기획실에서도 '과연 될까?'라고 생각을 했을 거다. 재무부서에서도 평균 차입금리를 낮추는 큰 역할을 해 주고 있었고 총무나 각 지사들과 전 직원들의 피땀 어린 원가 절감 노력 등이 있었다. 자금 차입 환경은 불안했고 심지어 6년 만에 국세청의 정기 감사까지 겹쳐서 몇십억 원을 추가 세금 추징당하는 최악 중의 최악의 상황이었다.

그러던 중 특수사업본부에서 해외프로젝트 수주 시에도 2020년엔 꼭 회사의 당기 순이익이 되어야 한다고 얘기를 했고(전년도 당기 순이익 큰 적자 기록), 금융권의 고위급 인사를 만나니 자금 차입 시에도 당기 순이익 내면 좋은 금리로 추가 차입을 해 주겠다고 하여, 나는 다시 한번 더 목표를 상향 조정하여 이왕 여기까지 온 거니 당기 순이익을 1억 원이라도 달성해 보자고 하였다.

아마 기획실에서도 대표가 너무 앞서 나가거나 무리한 목표 수정이라고 생각했을 것이다. 그렇게 하반기에는 당기 순이익을 달성해 보자라고 경영회의 때마다 강평을 하였고 나도 안전은 물론 코로나까지 챙기며 마스크 쓰고 지사를 다니며 독려하고 지원을 아끼지 않으며 뛰어다녔다.

내가 주장하고 원한 건 아니었지만 알짜 계열사인 광양선박을 매각하는 일이 마무리되었고 어쨌든 회사는 재무구조가 많이 개선되어 갔다. 연말이 다가오자 경상이익은 달성이 확실했고 당기 순이익도 불가능하지 않는 수치가 나오기 시작을 했다.

끝까지 최선을 다해서 이왕 두 번이나 상향시킨 목표를 한번 달성해 보자는 의지를 불태웠고 전사 노력한 덕분에 당기 순이익 약 3억 원을 달성하였다. 그것도 알짜 계열사를 매각하며 발생한 매각손 약 70억 원과 PNCT의 운영자 손실보장 약 70여억 원을 안고 창출한 당기 순이익이었으니, 이 코로나로 어려운 시기에 대단한 실적이 나온 것이었다.

그렇게 코로나 첫해가 마무리되었고 새해인 2021년이 밝았지만 여전히 코로나는 끝날 줄 몰랐다.

다행히 내가 영업본부장 시절 추진한 우리 회사의 쿠팡 매출이 사상 최고점을 돌파하던 시기에 맞추어 쿠팡의 미국뉴욕 증시에 상장되면서 우리 회사의 주가가 7배나 뛰는 일이 있었다. 이런 때 유상증자라도 해서 부채비율을 낮추자는 의견으로 유상증자도 성공리에 마쳤다.

좀 안타까운 것은 그렇게 강조했던 안전사고가 평택 지사에서 발생하면서 사회적 이슈가 되어 해결차 직접 뛰어다닌 일이 발생하였다. 다행히 회사는 적자 지사가 하나씩 속속 경영이 정상화되면서 안정을 되찾아가게 되었다.

나는 코로나19의 어려운 시기에 안팎으로 심한 스트레스를 안고 보냈다. 영업의 실무자처럼 뛰었고, 지원 파트에는 임직원들과 중지를 모아가며 문제를 해결해 가면서 2021년도에도 연초의 기대를 훨씬 뛰어넘는 영업적 실적을 올렸고, 지원 파트에서도 차입금의 금리를 대폭 낮추는 등 경영지원부문의 비용도 크게 절감하여 유례없이 2년 연속 본사비용을 절감하는 등 괄목할 만한 실적으로 회사의 대표를 보냈고 2022년을 맞이하였다.

2022년은 AI, CES, 인공지능과 로봇, 메타버스, ESG경영 등이 트렌드로 부각되는가 하면, 각국의 자국산업 보호는 한층 강화되는 추세이며, 국내로는 중대재해 처벌법, 항만안전 특별법, 그리고 한층 강화된 산업안전 보건법 등의 안전 보건 관련 법의 발효가 되며, 안전경영이 화두로 떠오르는 해가 되었다.

대표 시절 같이 고생한 임직원들에게는 깊은 고마움을 전하며 이 시기에 함께 고생했던 얘기들은 후일 무용담이 되리라 생각한다.

※ 이자보상배율 1: 기업이 정상적인 경영으로 은행으로부터 차입한 돈의 이자는 딱 낼 수 있는 영업이익의 수치, 기업의 채무상환 능력을 나타내는 지표로 영업이익을 금융비용(이자비용)으로 나눈 수치.

※ 당기 순이익: 법인세까지 내고 난 뒤의 해당년도 기업의 최종 순이익.

※ BEP(Break-even point): 이익도 손해도 발생하지 않는 손익분기점.

〈대표 시절 본사에서〉

〈천안시장님과 MOU 체결 모습, 2021년〉

명품 주례

요즘은 주례 없는 결혼식을 많이 한다. 예전엔 주례가 없으면 결혼식을 할 수 없으니 주례를 구하지 못한 혼주나 신랑 측은 결국 예식장의 전문 주례를 돈 주고 사기도 했다. 나도 결혼식을 많이 다녀 보았지만 결혼식에서 특별히 기억나는 주례사는 몇 개 떠오르질 않는다. 그런데 이다음에 내가 결혼식 주례를 의뢰받으면 "이런 주례를 해야지." 하고 생각을 해둔 게 있다.

1. 주례사 시간의 분량을 4분을 넘기지 않는다

주례를 너무 길게 하니 하객들의 집중력이 흐트러진다. 결혼식장이 주례사 중인데도 재래시장에 나온 듯 분위기가 산만하다. 좋은 내용의 주례를 짧게 해야 하는 이유라는 생각이 들었다.

2. 양가 부모의 업적과 자존심을 최대한 배려한다

결혼식에는 많은 하객들이 참석한다. 그중에는 가까운 친척은 물론 자주 보지 못하는 친인척분들도 참석하게 되는데 그동안 어떻게 살아왔는지 자세히 모른다.

그런데 주례사에 양가 부모님의 업적과 체면, 위신을 살려 주는 내용이 짧게라도 들어가면 결혼을 준비해 온 양가 부모님은 많은 하객들 앞에서 자존감이 살아나며 뿌듯한 마음까지 들게 된다.

3. 결혼 당사자인 새신랑, 새신부의 자존심도 최대한 배려한다

당연히 결혼식의 주인공인 새신랑과 새신부의 장점이 될 만한 사항을 뽑아서 짧고 명쾌하게 밝혀 줌으로써 친인척은 물론 친구들에게도 좋은 이미지로 어필이 되면서 자존심을 크게 살리는 행복한 결혼식이 되는 것이다.

설사 현재는 크게 내세울게 없는 새신랑의 직업을 소개할 때도 '떠오르는 미래의 청년 사업가'라고 소개를 해 주는 센스를 발휘하면 알 사람들은 다 알아도 새신랑과 신랑 부모와 친척들은 주례사가 끝나고 내려오는 주례에 대해 깊은 고마움을 표시한다.

4. 끝으로는 짧지만 분명한 어조로 단호하게 새신랑과 새신부에게 조언 어린 주례사를 남긴다

주례 내용은 녹화되어 한 번씩 보게 되어 평생 기록이 남는 것이니 시간이 흘러 언제 들어도 고개가 끄덕여지는 내용이어야 한다. 또 참석한 하객들도 부부가 같이 온 분들도 계시므로 다들 공감이 가는 내용을 명료하게 해 주면 더욱 빛나는 주례사가 될 것이다.

나는 여러 차례 주례를 의뢰받았지만 내가 너무 젊었을 때는 거절한 적도 있었다.

그 뒤 몇 차례 주례를 의뢰받아 해 주게 되었는데, 그 모두 다 양가 부모는 물론 친인척과 심지어 하객들까지 오늘 주례가 너무 좋았다는 얘기와 함께 같이 사진 찍자는 제의도 받았고 양가 부모의 가까운 친척들은 내 손을 잡으며 가족을 띄워 주어서 너무 고마워하였다.

주례도 결혼식의 분위기에 맞도록 주인공들을 배려하고 주례의 입을 통해 혼주의 자존심도 살리고 새신랑 새신부도 자랑스럽게 하면서 누구나 공감이 가는 명품 주례여야 한다고 생각을 한다.

〈몇 차례의 결혼식 주례 장면〉

자작시[自作詩]

나는 버킷리스트로 이 세상에 태어나, 순수한 나의 자작시(自作詩) 한 편이라도 남기고 싶었다. 한참 바쁘게 야근하며 출장 다니던 시절과 코로나19로 직장 생활도 지쳐 가던 무렵 몇 편의 詩를 지어 이 책에 남겨 본다.

덤

成庚珉

안 드려도 되는데
드리면 더 좋은 것
안 받아도 되는데
받으면 더 좋은 것

상대와의 교감이
갑자기 훈훈하게
소통되는 그 무엇

지금부터 남은 사회생활
지금부터 남은 인생도
내게는 모두 덤이다.

스트레스 쌓여도
덤이라 생각하고
오늘도 기분 좋은
하루를 시작하자.

- 2021. 3. 16.

코로나19 와중에
회사 일로 스트레스가
쌓이면서 내 마음을
다잡기 위해 지어 봄.

일탈

成庚珉

어떨 땐 훌쩍 벗어나고 싶은
어떨 땐 훨훨 날아가고 싶은

어떨 땐 막 저지르고 싶은
어떨 땐 하지 마란 걸 해 보고픈
충동을 느끼는 그런 때가 있다
바로 오늘이 딱 그런 날이다

– 2021. 초순
회사와 계열사 등 주변에 코로나 확진자
보고를 받고 1년을 끌고 있는 이 상황이
언제 또 끝날까 싶고 안전준비 등 회사 일로
쌓이는 스트레스에 마음을 달래는 詩를 지음.

다시 가 본 그곳

成庚珉

좋았던 기억으로
그이와 다시 가 본
그곳 그 장소
사랑과 사람은
그대로인데,

입은 옷과 주위 배경과
계절은 어김없이
바뀌어 있네.

다시 오면 또 어떨지
설렘만 가득 안고
다음을 기약해 본다.

- 2021. 2. 23.
가족과 대천해수욕장에
이어 무창포를 다녀온 뒤.

일모도원(日暮途遠)

成庚珉

하루해가 저물었건만
내 집엔 언제나 들어가게 될꼬?

일은 밀려 산더미인데
오늘은 다 못 할 일
날짜 바뀌기 전에 일단은 마치자.

머나먼 출장길을 나서서
하루에 다 끝내려 뛰어다녀 보지만
해는 어느새 서녘에 기울며
빨리 집으로 돌아갈 생각에
일모도원(日暮途遠)이로구나.

늦은 시각 기차역 플랫폼에
혼자서서 기다리는 내 마음은
집보단 내일 할 일 생각이 먼저로구나.

– 1989년~2021년 한참 바쁘게
야근하거나, 출장 다니던 시절

마지막 비행기나 마지막 열차 타고

집으로 돌아오는 늦은 밤 자주 느낀

일모도원(日暮途遠).

幸福

成庚珉

저녁 땐
돌아갈 집이 있고
다음 날 일할 곳이 있음에

힘들 땐
언제나 응원해 주는
가족과 동료가 있음에

외로울 땐
음치여도 상관없는
혼자 부르는 노래가 있음에

– 2022. 2. 18.
코로나(오미크론)의 확산과 중대재해
처벌법의 대응으로 대표이사로서 몸과
마음이 지치고 힘든 시기에,

나태주 詩人의 〈행복〉이란 시를 접하고
그 詩를 응용해서 지음

姓名學, 運七氣三,
새로운 기운을 찾다

1980년 초 우연히 철학에 관심이 많은 선배와 자주 시간을 같이하게 되었다.

그 선배는 사주도 꽤 깊이 공부하였고 주역도 지식이 상당하였다. 전공과는 다른 측면이었지만 자꾸 마음이 끌려 막걸리 한 잔씩 하면서 도인의 철학을 듣는 심정으로 만남과 토론의 기회가 많았다.

어느 날은 내 이름과 사주풀이도 해 주면서 내 이름의 돌림자가 안 좋으니 바꾸라고 하였다. 내가 그건 쉽지 않다고 하니 내 사주와 운이 어느 정도 궁합이 맞는 이름을 지어 주고 앞으론 그 이름을 사용하라고 하였다.

나는 사주며 주역은 너무 어려워 보였지만 내 운명을 바꿀 수도 있는 성명학은 관심이 끌렸다. 그 이후 그 선배의 성명학 책을 몇 권 빌려 공부를 하면서 푹 빠지게 되었다.

전공 공부를 하면서도 성명학 책의 이것저것을 여쭈며 몇 권의 책을 다 읽었을 무렵 나도 서점에서 새로 나온 성명학 책을 구입하여 더 파고들었다.

대개는 비슷한 내용이었지만 저자별로 학문과 이론이 조금씩 달랐다. 선배와는 조금씩 다른 그 이론들을 중심으로 토론까지 하며 관심이 통했고, 나는 책들의 공통점을 추려서 정리도 하였다.

재밌는 것은 그 이후 유명인들의 이름이 한자로 나오면 그분들 성명은 어떤 운명을 가졌는지 파헤쳐 보며 저래서 잘되었구나, 저래서 힘든 운명이구나 하면서 분석하는 습관이 생겼다. 그 이후 군대를 다녀오고 졸업하고 사회에 나오면서 그 선배와는 헤어지게 되었지만 내게는 그 선배가 남긴 성명학 공부가 남게 되었다.

나는 아들과 딸 이름도 내가 몇 개 지어 아버지 살아 계실 때 선택하게 하여 호적에 올렸고, 친구 조카며 주위 분들의 아들이나 손자 이름도 가끔 지어 주었다.

특히 본인의 이름이 어떻냐고 부탁하면 자주 봐주곤 하였다. 그런데 이름을 봐주는 것도 힘들지만 심혈을 기울여 무료로 작명을 해 주면, 작명을 한 사람으로서는 그 이름이 얼마나 귀한 줄 알기에 소중하다. 하지만 작명을 받은 사람들은 시간이 지나면서 내가 작명해 준 걸 쉽게 잊어버리고 귀하게 생각지도 않게 된다. 요즈음은 작명 부탁을 하면 내가 미리 술

값으로 받아 같이 술 한잔하는 데 쓴다. 그 이름이 귀한 줄 알아서 사용하게 하는 방법이다.

작명을 부탁받고 주말에 내 방에 들어가면 어떤 땐 오전에 몇 시간을 봐줘도 좋은 이름이 안 나오는 때가 있다. 특히 돌림자를 넣어서 지어 달라고 할 때가 더 그렇다. 이름을 지을 때는 대개 한자 이름으로 姓氏를 포함한 세 글자로 짓는데 네 글자 작명과 한글 이름으로 지을 때는 시간이 더 걸린다.

성명학의 기본 몇 가지만 해 보겠다.

1. 수리운(총격, 인격, 외격, 형격, 지격 등).

2. 음양오행과 수리오행.

3. 자(字)오행을 모두 좋은 운과 배열로 짜야 한다.

4. 태어나기 전 아기는 사주와 맞출 필요가 없지만 기 태어난 아기는 사주에 부족한 오행과의 조화도 고려해야 한다.

5. 한자 이름은 변에 따라 성명학 획수가 다름에 대해 실수가 있으면 안 된다.

6. 불용한자는 배제해야 한다.

7. 성명에 쓰면 안 좋은 한자는 배제해야 한다.

8. 놀림감 이름은 배제해야 한다.

9. 센 기운의 이름도 배제해야 한다.

10. 남자에 쓰면 좋은 한자, 여자에 쓰면 좋은 한자를 쓴다.

11. 남녀에 따라 수리운도 좋고 나쁨이 존재한다.

12. 수리운 배열 때 財運, 成功運, 자손번창운, 大吉數 조합 등 고려할
    사항이 너무 많다.

나는 간혹 철학관이나 作名所에서 지어 왔다는 이름을 감정할 때가 있
다. 정말 수리운도 안 맞춘 이름도 있지만 수리오행과 음양오행, 자오행
을 모두 조화롭게 배열한 이름을 잘 보지 못했다.

나의 아들과 딸 이름도 지어서 호적에 올린 뒤 새로운 학문으로 대두된
자(字)오행을 공부하고 보니 그 당시 반영하지 못하여 98점짜리 이름으
로 아쉬워한 적이 있다.

아무튼 이름이 모든 운명을 결정할 수는 없지만 그 수리운과 획수가 갖는 통계학상의 運과 태어나 죽을 때까지 부르고 불릴 이름의 수리오행, 음양오행, 자오행을 잘 맞추어서 이름이 지어지면, 모든 인생사가 운칠기삼(運七氣三)이듯 努力이 더 중요하지만 그 노력에 더한 인생의 運이라도 나쁘게 작용은 하지 않게 되길 바라는 마음이 작용할 것이다.

난 지금도 改名하여 열심히 노력하며 살아 보고자 하는 사람이 있다면 100점짜리 이름으로 作名을 해 줄 생각이 있다.

와인 강의

장세강 사장님 시절 매월 1회 월요일 아침 8시에 대회의실에서 임원들이 자기들의 지식을 공유하며 나누는 재능기부의 일환으로 자료 설명 등의 형식으로 강의를 1시간씩 돌아가며 하기로 했다.

회계 전문가는 최근 세제 개편에 관해서 강의를 했고, 경영지원 쪽 임원은 그 당시 기업들의 부동산 보유와 부동산 방향 등에 대해서 강의를 하였다.

그해 여름 나는 순서가 돌아와서 TPL 등 유통물류에 대해 지식 나눔을 할까도 생각을 했었는데, 현재하고 있는 업무를 떠나서 전혀 새로운 와인에 대해 강의를 하기로 마음을 먹었다.

그 배경은 우리의 동종물류사인 H사는 회사 내 와인 판매사업을 개시하여 소속 임원들이 와인에 대해 지식을 습득하도록 분위기를 조성하고 있었다. 또 내가 개인적으로 만나 본 H사의 임원들은 와인에 대한 지식이 상당했다.

그런 연유로 와인 관련 도서를 여러 권 빌려서 읽으며 PT 자료를 만들고 준비하였다. 소믈리에는 아니지만 강의 자료 말미에 몇 개의 문제도 내어서 동방 본사 수강 직원들의 흥미도 모색하며 업무를 떠난 색다른 강의를 성공적으로 마칠 수 있었다.

나도 개인적으론 그 이후 와인에 더 많은 관심을 갖고 와인예절이며 상식을 지키려고 노력하였고 와인을 잘 아는 거래처를 만나면 더 배우려고 노력했다. 지금의 사회생활을 하는 직장인이라면 시대에 맞는 와인에 대한 상식 등은 좀 관심 가져야 하지 않을까 생각을 해 본다.

나는 그때 이후 와인에 대한 새로운 정보나 지식은 최고의 관심사가 되어 귀를 기울이거나 책을 통하거나 해서 배우곤 한다.

아버지 어머니, 가시는 길

아버지께서는 직업군인 제대 후 해군의 군무원 생활을 하셨다. 그 월급으론 생활이 어려워, 가지고 계신 자격과 기술로 돈을 훨씬 더 벌 수 있는 해외 송출선원으로 나가셨다. 어머니는 외국에서 고생하시는 아버지 생각에 뭐라도 하셔서 가계에 보탬이 되고자 뛰어다니셨다.

그렇게 고생을 하시다 어느 날 아버지가 송금해 온 돈을 아는 분에게 빌려주었는데, 그 집안이 얼마 후 파산하면서 받지 못하게 되었다. 그때부터 아버지가 귀국하실 때까지 이게 아버지가 어떻게 고생하신 돈인데 날리게 되었다는 걱정에 밤잠을 못 이루시다 덜컥 건강에 적신호가 오셨다. 40대 초반에 심하게 온 당뇨로 인해 모든 건강이 다 안 좋아지셨다.

그러면서 그것을 만회하기 위해 더 무리해서 무자본 사업으로 이것저것 하시다 보니 건강이 좋을 리가 없었다. 그래도 아버지는 꾸준히 해외의 초대형선에서 전기장으로 파나막스급 크기의 선박에선 기관장과 전기장으로 근무하시다 보니, 국가에서 달러를 벌어 오는 해외 파견 근로자들에 대해서는 크게 우대를 하면서(파독 간호사, 해외 근로자, 송출선원들의 우대 재형저축 금리를 비과세로 년 36% 이자를 책정) 우리 가정의 경제는 조금씩 살아나기 시작했다.

후일 아버지가 다쳐서 하선하여 부산의 대학병원 치료로 몇 년을 쉬면서 힘들어졌을 때, 어머니는 아버지 병간호와 가계 돈벌이로 또 마음고생을 하시면서 건강이 더 안 좋아지셨다. 그래서 우리 가족들은 어머니는 오래 사시지 못하고 그나마 아버지께선 정말 오래 사실 것으로 생각을 했다. 그런데 배 타실 때 생긴 통풍과 부정맥, 고혈압 등으로 생긴 뇌출혈로 80세를 못 넘기시고 돌아가셨다.

뇌출혈로 병원에 입원했을 때, 신속히 대처했는데 그때 코피라도 인위적으로 내었더라면 그날 밤에 더 재발되지는 않았을 건데 하는 아쉬움이 있었다. 그날 저녁 서울에서 급히 달려간 나에게 "바쁜 사람이 왜 왔나? 늙은 고목나무에 물 준다고 새잎 피나? 아무튼 젊었을 때 건강관리 잘하거라."라는 유언이 되어 버린 말씀을 끝으로 다시는 깨어나지 못하셨다.

아버지는 선원 생활을 그만두시고 자식들 다 결혼시켰으며, 성당 다니시고 텃밭으로 어머님과 소일하실 때 내가 고향을 방문하면 그렇게 좋아하셨고 갈 때마다 용돈을 드리면 손사래 치면서도 밭에서 나는 작물을 서울 갈 때 이것저것 가득 실어 주셨다.

그런 후 몸이 안 좋으셨던 어머니가 문제였다. 아버지가 잘 돌보셨는데 먼저 돌아가신 그 충격은 이루 말할 수 없었다.

여동생 내외가 가까이 살며 직장 생활에 밑반찬 정도는 해 줄 수 있었지만, 평일 오전 요양보호사와 오후 요양보호사, 그리고 주말 요양보호사를 지정해서 어머니를 약도 제때 드시게 하고 식사도 하게 해 드리고 필요한 거 사다 드리고 어머니 비위 맞추기가 쉬운 게 아니었다.

돌아가신 아버지가 나를 포항으로 인사발령 내시다 - 나의 느낌

그러던 그때 회사가 나를 서울에서 포항으로 명령을 내렸는데, 나는 지금도 그 인사명령은 아버지께서 하느님께 기도드려서 아들을 좀 더 가까이 어머니 곁으로 가게 해 달라고 부탁하신 것으로 생각한다.

연말 인사도 아니고 2013년 5월에 인사가 있었고 나는 포항 부임해서 열심히 24시간 현장에서 뛰며 일요일 오후는 어머니를 뵙고 그동안 있었던 경과를 요양보호사 메모지에서 확인하고 나도 부탁하는 메모를 작성하여 요양보호사님들이 다 확인하게 하였다.

포항에 근무하는 20개월 동안 그렇게 다녔고 포항 지사도 새벽부터 밤늦게까지 정말 많이 뛰며 많은 것을 개선시켰다.

나는 석사학위까지 취득하며 어머니도 돌봐 드리면서 어머니가 병원에 입원하면 병원으로 달려갔다. 요양병원 신세를 지고 계실 땐 그쪽으로 찾아가서 뵈었고 생일도 잊지 않고 잘 챙겨 드렸다. 요양보호사들도 계속 관계가 끊어지지 않도록 잘 유지시켜 나갔다.

아버지가 남기신 집의 위층은 월세를 놓고 집수리도 해 가며, 이모와 외삼촌을 초청하여 어머니와 마지막 추억도 쌓게 해 드린 뒤 다시 서울 발령이 났다.

서울 발령 나서도 주말에는 서울 남부터미널에서 밤차로 진해로 가서 여전히 포항에서 근무하듯 해 드렸다.

그러던 어느 날 윗집 세 들어 사시던 아저씨가 어머니께 "큰아들이 서울에서 내려오는 것 같다."라고 말한 뒤론, 어머니는 큰아들 앞길 막겠다 싶었는지 잘 드시던 약을 제때 드시지도 않고 대장암 중기 진단받고는 얼마 사시지 못하고 아버지 돌아가시고 딱 4년째, 80세 되던 해 그렇게 돌아가셨다.

아버지 돌아가실 때도 너무 아쉬웠지만, 어머니는 더 잘해 드렸는데도 참 많이 아쉽고 허전한 게 많았다. 만약 아버지와 어머니께서 살아 계셨으면 큰아들인 내가 지금 대기업에 대표이사를 하고 계신 걸 보시고 내 손을 어루만져 주시면서 대견해하셨을 텐데 하는 생각에 많은 아쉬움이 든다.

아~ 다신 볼 수 없는 아버지, 어머니!

저의 아버지, 어머니여서 행복했고 자랑스러웠습니다.

천상 하늘에 오르셔서 이승에서 못 누린 건강하고 행복하며 걱정 없는 영원한 삶을 누리시길 간절히 기도합니다.

너무너무 보고 싶고 사랑합니다.

〈진해 천주교 공원묘원에 안장된 부모님 산소〉

나의 버킷리스트

인생을 살면서 꼭 해 보고 싶은 그 무엇들이 있게 마련이다. 나도 살면서 꼭 실천해 보고 싶은 나의 버킷리스트가 약 20개 정도가 있다.

그중에서 몇 가지를 여기에 소개할까 한다.

졸업논문이나 학회에서 발표한 논문을 제외하고, 일기장을 43년째 쓰고 있는 사람으로서 사회생활을 마치면 자서전 같은 책을 한 권 남기겠다고 생각했다. 또 詩人은 아니지만 나의 自作詩 몇 편은 그 책에 꼭 싣고 싶었다. 내가 졸업한 고향의 고등학교에 배당금 많이 주는 주식을 기증하여, 그 배당금으로 형편이 어렵지만 학구열이 있는 후배들에게 매년 내 이름으로 된 장학금을 주는 게 꿈이다.

그러니깐 그 회사가 없어지지 않는 이상 배당금은 나오게 될 것이니 내가 죽어도 나오게 되는 그런 장학금 말이다. 살아 있을 땐 내가 매년 가서 장학금 전달을 하고, 내가 저세상 사람이 되면 나의 아들이 참석하여 장학금 시상을 하게 될 것이다. 이게 내가 고향에서 유년과 청소년 시기에 잘 성장한 은혜를 조금이라도 되갚는 작은 길이라고 생각한다.

또한 나의 '평생사람' 리스트에 계신 분들에게도 퇴직 이후의 삶에서 기회가 되면 작은 은혜라도 갚고자 한다.

그리고 고등학교를 같은 해 졸업하고 먼 타지인 서울과 수도권에 와서 약 45년간 고비마다 고락을 같이 한 재경 동창생들과 부부동반으로 의미 있는 여행을 내 주관으로 한번 해 보는 게 꿈이다. 이밖에도 여러 가지가 있지만 대략 이 정도로 소개를 할까 한다.

〈재경 고등학교 친구들과의 졸업 40주년 제주 여행, 2019년〉

다들 고생 많았고 고맙습니다

나이 60을 넘기도록 직장 생활을 하며 성실하게 부지런히 살아왔다. 건강이 뒷받침되었으니 가능했으리라. 그동안 나와 인연을 맺고 같이 고생한 분들을 일일이 언급할 순 없지만 이 책의 맺음으로 그분들에게 경의를 표하고자 한다.

1. 동방그룹의 회장님과 내가 근무하던 시절에 나와 좋은 인연을 맺으며 근무했던 많은 선후배와 동료 임직원들께 감사의 말씀을 빼놓을 수 없다. 다들 보람 있었고 고생 많았습니다.

2. 내가 직장 생활을 하며 수없이 많은 거래처 분들과 인연을 맺고 지원요청과 부탁을 드리면서 갑과 을에서 시작하여 때론 친구로 존경으로 모셔 온 거래처 화주(선사)분들께 진심으로 감사의 말씀을 드립니다.

3. 한양사이버 대학원에서 동문수학한 MBA 3기 경영학 석사과정의 동기분들과 삼국지 형제들과 교수님들께 감사의 말씀을 드립니다. 아름다운 추억이었습니다. 앞으로도 좋은 인연 만들어 갑시다.

4. 고려대 경영대학원의 최고경영자과정 AMP 62기 과정의 저명하신 동기분들과 학부형님들과 주임교수님 감사합니다. 정회원으로 평생 활동하겠습니다.

5. 김장수를 비롯한 동방그룹 1986년 공채 입사 동기들 사내외 추억이 많이 쌓였는데 평생 변치 말고 좋은 만남 이어 갑시다.

6. 총 진해고 30회 동기는 물론 재경 진해고 30회 동기 친구들도 지금까지보다 앞으로 더 좋은 추억을 만들어 갑시다. 다들 사회생활 잘 수행하느라 수고 많았다.

7. 나의 부모님, 우리 가족, 형제 남매와 그 가족들, 친할아버지와 할머니, 외할아버지와 할머니, 친삼촌과 숙모님들, 고모와 그 식구들, 외삼촌 및 이모들과 식구들, 5촌 당숙과 숙모님들, 장인 장모와 처가의 식구들과 동서들 및 처삼촌과 식구들, 그밖의 친인척분들 저의 성장과 발전에 많은 영향을 주심에 깊이 감사드립니다. 돌아가신 분들도 계시지만 살아 계신 분들은 언젠가 찾아뵙고 꼭 은혜도 잊지 않겠습니다.

8. 총 진해 대야초 26회 고향의 동기 친구들은 물론 재경 대야초등학교 26회 남녀 친구들 앞으로 더 자주 봅시다.

9. 연세대 상낭경영대학원의 SCMP 물류전문가과정의 18기 물류인 동기들도 같은 물류인으로서 교류와 친목을 잘 이어 나갑시다. 고생 많았습니다.

10. 고향의 지우회 회원들도 45년간 이어지는 우정 고맙다. 앞으로도 계속 좋은 만남 이어지도록 노력하자.

11. 친구 이상원 등 고향을 잘 지키며 나를 반갑게 맞아 주는 고향 벗들과 진해 중앙성당, 여좌성당 벗들, 옛 추억이 아련하구나. 벚꽃 필 때도 좋고 언젠가 고향에서 옛 추억을 얘기하며 소주잔 기울이자 꾸나.

12. 두릅회(김광석 회장님, 유용식 사장님, 윤현기 교수님), 고려대 AMP 62기 3총사, 고향 진해 설영대 4총사, 제주의 정갑선 사장과 김형수 이사장(아씨야), 안형수 사장님, 나의 브로맨스(김동문 등), 제주 남원농협의 관계자분들, 재경 산악회 선후배님들, 나의 평생 사람들, 동방의 전현직 노조간부님, 광양의 백 사장 내외, 박진문 사장과 업무적 친구들, 해외 거래처 분들, 한큐한신 변종설 사장님과 임직원님들. 박인동 김&장 변호사님, 삼성엔지니어링의 최성안 사장 등 관련 친구들, 대학의 동기동창들과 예비역 형들, 각 지역

항운노조 위원장님들과 간부들, 정부기관에서 도움 주신 분들, 대신중권 홍 부장님, 협력업체 사장님과 간부님들, 동방 OB 분들, 강남선박 서말수 사장님, 천수 선박의 임차수 사장님과 김봉춘 사장님 등, 김태웅 상무를 비롯한 해운사업부 식구들, 초창기 TPL 식구들(김한준, 최강수, 박인노, 박순형, 함형일, 유수호, 양기훈, 양정우 등), 이웃사촌들, 집사람의 지인님들, 카리스로지스 최구헌 사장님과 친구 윤철이 등 저와 인연이 있었던 모든 분들 고맙습니다.

13. 항만물류 8개 동종사 대표님들과 본부장님, 항만물류협회장님과 상근부회장님 및 간부님들, PTOC 이 대표님과 간부님들, 동종 물류업계의 사장님과 간부님들 너무너무 감사합니다.

이 추억을 소중히 간직하며 은혜도 갚으며 주님의 은총에 감사드리며 모두를 기억하며 살아가겠습니다.

이 책의 집필에 도움 주신 분들

이 책이 나오기까지 도움을 주시며 조언과 자료를 수집해 주시는 등 많은 분들이 도움을 주셨다.

동방의 박우남 기업문화팀장은 출판사 소개와 집필에 대한 용기를 주었고, 나의 아들 시훈이도 아빠의 자서전이라며 응원을 해 주었다.

남양항운의 조용현 대표와 동방 포항 지사의 한윤홍 팀장, 광양 해운 지사의 이재열 팀장, 창원 지사의 김남중 팀장, 일조훼리 안경용 대표와 직원들, 동방 물류센터의 이경민 대표와 직원들.

본사 특수사업본부의 김은혁 상무와 직원들, 포항 지사의 최병돈 부장과 직원들, 최원일 팀장과 유승현 과장 등이 본인들이 소유한 귀중한 자료집을 제공해 주었다.

박미애 대리는 그 자료집을 편집하여 이 책에 쓸 수 있도록 정리에 많은 도움을 주었다.

또 이 책을 쓸 초창기 용기를 준 재경 진해고 동기들도 감사드리고, 항

만물류협회 관계자 님들과 물류신문의 장대용 사장님과 관계자분들도
조언을 해 주셨다.

맞춤법 교정과 기본적 의견으로 조언을 준 최용석 과장과 張旨我 님,
좋은땅 출판사의 허남 매니저님과 관계자님들께도 다시 한번 이 책의 지
면을 빌려 깊은 감사를 드린다.

이 책의 후기

이 책은 일반 평범한 직장인이 어렵게 고생하며 대표가 되어 사회생활을 하면서 발생한 희로애락을 담은 우리 직장인들의 마음속을 공감하며 파고드는 구구절절한 이야기책이다.

| 동방그룹 김형곤 회장

성 대표는 의리와 따뜻한 마음을 가진 우리들의 모범이자 자랑스런 친구입니다.

| 사단법인 한국검체검사 전문수탁기관 협회 김동문 사무총장

젊은 직장인들에 희망과 동기를 부여하며, 우리 모두의 가슴을 뛰게 하는 인생철학서이다.

| 사단법인 한국사이버보안 연구원 박정복 원장

한 직장인이 경험한 일을 에피소드화하여 100% 공감되는 우리들의 이야기이다.

| (주)동방 기획실장 박창기 부사장

재테크로 주식과 부동산이야기는 짧지만 큰 여운을 준다.

| 갤럭시자산운용사 강영선 전무(경영학박사) 겸

서울사이버 대학교 금융보험학과 겸임교수

자소서와 면접에서 A받는 요령은 그 어느 전문 안내 책자에서도 본 적이 없는 기업의 살아 있는 면접 요령이다.

| (주) NH 선물 대표이사 이창호 사장

몸값을 높이려는 직장인들에게 들려주는 이야기 대목은 그 어느 대학교수가 쓴 책보다 더 와닿는다.

| 융진상사 대표 김진만 회장

결혼식 주례도 그렇고, 아들, 딸 改名도, 예쁜 손자, 손녀 얻는 방법도 궁금하여 꼭 부탁하고 싶다.

| 여의도연구원 외교안보위원회 전인찬 수석위원(전 외교부 장관 정책보좌관)

일모도원(日暮途遠)을 읽고 또 그 제목의 自作詩도 감상하면서 많은 것을 희생하며 그 시절 열정으로 뛴 모습에 가슴이 찡함을 느꼈습니다.

| 서울 서초소방서 서형근 대응총괄팀장

우편배달부와 소총 쏘는 얘기, 출입기자(出入記者), 100kg 술고래~~, 갑의 극치~~ 등을 읽으며, 어려운 여건 속에서도 한결같이 발로 뛰며 열심히 처세한 모습이 찡하면서도 선하며, 예산이나 뭔가 핑계를 댈 후배 직원들에게 영업은 무엇인가를 가르치는 귀감의 글입니다.

| 사단법인 봉사와 헌신으로 나라사랑 배인균 이사장

일도 책임감 있게 열심히 하면서 부모님께도 효도한 흔적이 책의 곳곳에 스며 있음을 느낍니다.

| (주)동진에너지시스템 및 (주)동진메카트로닉 이경욱 대표이사

나도 성대표의 그 '평생사람'에 포함되고 싶은 마음이 듭니다.

| 한국항만물류협회 김종성 회장

Level-headed person과 식지 않는 열정으로 불태우는 직장인은 우리 모두가 닮고 싶은 모델이다.

| ㈜한큐한신익스프레스코리아 변종설 사장

물류 전문가로서의 돈으로 살 수 없는 많은 경험과 지식을 총 망라한 종합물류(綜合物流) 자서전이다.

| (주)물류신문사 대표이사 장대용 사장

"회사의 역사에 굵직한 한 획을 긋다."라는 감명을 받았으며 곳곳에 회사 내 역사를 세운 노력과 뚜렷한 발자취가 오랫동안 남을 것이다. 당분간은 쉽게 깨지 못할 기록도 존재한다고 느껴집니다.

| 한양 사이버 대학교 대학원(HYCU) 마케팅 MBA 김현경 교수

저의 이야기도 실려 있지만, 현장에서의 실무자에서 대표이사로서도 생생한 경험이 어제의 제 일처럼 와닿습니다.

| 전 청와대 이상휘 춘추관장

物流 외길,
도전과 열정으로

ⓒ 성경민, 2022

초판 1쇄 발행 2022년 3월 25일

지은이   성경민
펴낸이   이기봉
편집   좋은땅 편집팀
펴낸곳   도서출판 좋은땅
주소   서울특별시 마포구 양화로12길 26 지월드빌딩 (서교동 395-7)
전화   02)374-8616~7
팩스   02)374-8614
이메일   gworldbook@naver.com
홈페이지   www.g-world.co.kr

ISBN   979-11-388-0774-6 (03810)